힘내라는 말은 흔하니까

고3 딸을 응원하는 엄마의 사진 일기

힘내라는 말은 흔하니까

사진 · 글 소광숙

오마이북

프롤로그

마음이 쉬어 갈 이야기

2010년 겨울, 딸이 수험생 선배들을 응원하고 있던 곳에 나도 따라갔다. 이른 아침 수능시험장 앞은 축제 전야제처럼 술렁이고 있었다. 수험생, 후배, 경찰, 선생님, 학부모, 커피, 초콜릿, 담요 등이 한바탕 어우러지다 시험장 문이 닫히려는 순간, 입실 시간에 늦은 몇몇 아이들이 오토바이와 경찰차에서 내려 이제 막 출발한 기차에 매달려 오르듯 서둘러 안으로 사라졌다. 나도 모르게 어깨에 힘이 들어갔다. 내 아이가 시험을 보는 것도 아닌데 남의 일 같지 않았다.
교문이 굳게 닫히자, 문밖에 남아 있던 사람들은 슬슬 자리를 떴고 겨울 햇살도 그제야 거리에 퍼지기 시작했다.
그때, 발이 땅바닥에 붙은 듯 아이가 들어간 곳을 하염없이 바라보는 엄마가 있었다. 그녀의 입술은 굳게 닫혀 있었지만 나에게는 아이를 향한 걱정과 함께 간절한 기도가 들리는 듯했다.

'아마 기도하고 있겠지. 아이가 제발 긴장하지 않기를 바라고 있을까? 오늘만큼은 실력보다 한 문제라도 더 아이에게 행운이 들기를 바라고 있을까? 대한민국의 입시에 진저리를 치고 있을까? 아니면 이번 시험 결과가 결코 인생의 성공을 결정짓지는 않을 거라고 마음을 다잡고 있을까?

그녀의 모습 위로 나의 1년 뒤 모습이 겹쳐졌다. 내년 이 시간, 그녀가 서 있는 그 자리에 나도 서 있게 될 것이다. 그러자 앞으로 다가올 시간 앞에 덜컥 걱정과 두려운 마음이 생겼다. 갑자기 피곤이 몰려왔다. '고3' 이라는 단어에 따라붙는 '고생' 과 '갈등' 이라는 단어가 이미 내 몸에 찰싹 달라붙은 것 같았다. 내일이면 고3이 되는 딸과 '고3 엄마' 가 되는 나는 어떤 무늬를 그려가며 1년여의 시간을 보내게 될까? 그러다가 이 또한 지나갈 시간이라는 생각에, 다가올 시간을 차곡차곡 기록으로 남기고 싶다는 마음이 들었다.

사진은 지난 시간을 기억하게 한다. 책장에 빼곡한 앨범 속에는 두 딸의 모습이 고스란히 남아 있다. 태어나 내 품에 안겨 집으로 온 날, 뒤뚱거리며 첫걸음마를 뗀 날, 노란 꽃다발을 들고 초등학교에 입학하던 날, 청군 머리띠를 두른 운동회 날, 어느 바닷가에서 한껏 폼을 잡고 있는 모습……. 카메라 앞에서 아이들은 즐거워했고, 나는 아이들을 카메라에 담는 것이 행복했다. 사진 찍는 일은 살을 비비고 다정한 말을 건네는 것이었다. '엄마가 너를 바라보고 있다' 는 작은 관심의 표현이었다.

작은 바람을 품어본다. 딸이 고3을 겪는 동안 나의 이런 관심이 조금이나마 아이의 짐을 덜어줄 수 있었기를, 또한 나의 기록이 시험장 앞에 설 또 다른 누군가에게 건네는 말이 되고, 아이 키우는 일이 힘들다고 투정 부리는 내 여동생 혹은 아이를 키우고 있는 그 누군가에게 잠시 쉬어 갈 수 있는 이야기가 되기를 바란다.

2012년 8월

소광숙

차례

고3의 연애

언니 채은

아빠의 뽀뽀

달리기

밤

힘내라는 말은 흔하니까

#고3 엄마

유치원 차에서 내리는 아이를 맞이하러 갈 일도 없고,

친구와 놀이터에서 싸웠다고 씩씩거리며 돌아온 아이를 타이를 일도 없다.

아이의 얼굴을 볼 시간이 별로 없다.

나는 그 어느 때보다 한가롭다. 그러나 마음은 하루 종일 아이 곁을 맴돈다.

나는 고3 엄마다.

2010년 11월 18일

딱 1년

평소에는 학교에서 4시쯤 집으로 오던 아이가 오늘은 7시가 넘어서야 돌아왔다. 숨이 턱까지 차올라 부산스럽게 현관문을 열고 들어오더니 다시 나가야 한다며 바쁘게 서두른다.

"오늘, 나 밤새우고 와야 해."

그러더니 헤어롤로 앞머리를 동그랗게 말아 올리고 이 옷 저 옷 들었다 놨다 하며 단장을 한다. 무슨 일이냐고 묻는 말에 내일이 수능일인데 그것도 모르냐며 눈을 흘긴다. 나도 같이 눈을 흘겨주었다. 선배들 응원하러 가는 일이 그렇게 중요하냐며 공부를 그렇게 좀 열심히 하라고 목소리를 높였다. 채영이는 내 말은 듣는 둥 마는 둥 급해죽겠다며 물었다.

"엄마, 나 경인고등학교 가서 응원해. 학교에서 응원 피켓은 만들었고 이제 시험장 들어갈 때 나눠줄 간식 사러 갈 건데, 코스트코가 좋을까 홈플러스가 좋을까? 아 참, 밤에 장작 피울 깡통도 필요한데 어디서 구하지?"

마치 엄마가 자기를 도와주는 것이 당연하다는 투였다.

"엄마, 장작에 불 피울 통은 페인트 가게 가면 있을까? 거기에 구멍 뚫

어서 기름 조금 부으면 잘 타던데……."

나도 채영이의 물음에 답하지 않았다. 요즘 유행하는 말로 우린 서로의 말을 씹어버렸다.

날이 밝으면 수능을 치를 아이들도 모두 잠들어 있을 오전 1시. 거실에는 초콜릿, 빵, 음료수, 보온병, 담요, 돗자리, 피켓 그리고 결국은 남편이 구해다 준 깡통 세 개, 작은 석유통, 장작더미가 놓여 있다. 이제 몇 분 뒤면 채영이는 이것들을 챙겨 들고 응원하기 좋은 자리를 맡기 위해 달려 나갈 것이다.

채영이는 알고 있을까? 하루가 지나면 이제 자기랑 나도 '고3'이라는 훈장 아닌 훈장을 달아야 한다는 것을.

> 선배들은 교복 대신 주로 사복을 입고 시험장에 들어갔다. 그 때문에 누가 선유고등학교 선배들인지 몰라 나름 준비한 간식이 많이 남아 속상했다. 정문에 들어서는 선배들과 들여보내는 부모님들을 보며 순간 울컥했다.
>
> — 채영

12월 28일

쌍꺼풀수술

"엄마, 내일 내 친구 쌍꺼풀수술 한대."
"또 방학이 시작됐나 보네."
"그치. 그런데 엄마, 나도 하면 안 돼?"
"정 하고 싶으면 졸업하고 나서 해."
"하려면 지금 해야 돼. 졸업하고 나서 수술하면 성형했다는 티 팍팍 내면서 대학교에 다녀야 한단 말이야. 제대로 자리 잡으려면 한 6개월은 걸려."

아이들은 방학만 되면 '때는 이때다'라며 성형외과를 찾는다. 개학날 만나면 반에서 몇 명씩은 얼굴이 변해 있다고 한다. 방학 중에 코를 높이고 쌍꺼풀을 만드는 것이다. 자연스러워 보이려면 앞트임, 뒤트임도 옵션으로 한다. 이렇게 고등학생들이 벌써부터 성형외과를 찾는 이유가 있다. 대학생이 됐을 때 더 예뻐지기 위해서는 지금 수술해야 가장 효과적이기 때문이다.
아이들은 늘 변신을 꿈꾼다. 44, 55사이즈의 옷을 입을 수 있는 몸매와 누가 보더라도 예쁘다고 할 만한 얼굴을 갖고 싶어 한다. 수능 문제집과 씨름하면서도 다이어트에 신경을 쓰고, 기말고사를 보면서도 며칠 뒤 방학식과 함께 '준비, 땅!' 하고 성형외과로 달려가는 자신의 모습을 상상한다.
교복을 벗어던지는 날, 새로운 출발을 '그 누구도 모르게' 하고 싶어 한다. 말하자면 그동안 생활해오던 동네에서 벗어나 대학에서 새로이 만나는 이들에게 자신의 과거 모습을 내비치지 않으려는 것이다.
부모의 동의만 있다면 실현 가능한 꿈인 성형수술. 대학 입학 외에는 꿈꿀 거리가 별로 없는 아이들은 은밀히 친구들과 성형수술을 꿈꾼다. 자신을 거울에 비춰보며 입시의 긴 터널 끝인 밝은 곳으로 나갈 날을 기다리면서, 그 뒤로 펼쳐질 아름다운 날들 속의 아름다운 자신의 모습을 상상하는 것이다.

"친구들이 점점 나보다 더 예뻐지는 것 같아."
성형수술을 시켜준다는 약속을 지키라며 딸이 볼멘소리를 할 때마다 어떻게든 요리조리 피해왔는데 이제는 해줘야겠다는 생각이 들었다. 나는 어차피 할 거라면 말 나온 김에 이번 방학에 해주자고 남편에게 운을 떼었다. 그러자 있을 수 없는 일이라도 생긴 듯 남편 얼굴이 붉으락푸르락해졌다.
"수술이 잘못될까 봐 걱정하는 게 아니라니까. 수술하고 나면 예전 눈이 아니잖아."
어린아이가 과자를 뺏어 먹은 어른에게 과자를 다시 내놓으라고 해도

일단 배로 들어간 과자는 어찌할 수 없듯이, 수술해놓은 눈은 다시 되돌릴 수 없다며 남편은 반대했다. 설사 세계 최고의 예쁜 눈이 된다 해도 지금의 모습을 버리게 할 수 없다는 것이었다.

"너 지금 정신을 어디다 두고 있는 거야?"

남편은 정신 상태가 글러먹었다고 얼굴을 찡그리며 채영이에게 화를 내기 시작했다.

"내가 뭘 어쨌다고?"

대꾸의 반은 울음이었고 그렁그렁한 눈에서는 눈물이 떨어지기 시작했다. 정신 상태까지 들먹이니 억울할 법도 했다. 대화를 더 이끌어가기에는 상황 종료였다. 남편은 속상해하며 베란다에서 담배를 피우고 들어와서는 자신이 던진 말을 어떻게든 만회해보려는 듯 달래며 말했다.

"고3이 공부에만 신경을 써도 모자랄 판에……. 외모에 신경 안 써도 네가 얼마나 예쁜지 알아? 일단 대학에 가고 나서 다시 생각해보자."

그러다가 남편은 아이의 굳게 닫힌 입을 보고는 한숨을 쉬며 방으로 들어가버렸다.

쌍꺼풀은 없지만 보드랍고 고운 선을 가진 채영이의 눈이 나는 정말 좋다. 웃을 때 눈부터 웃는 아이의 눈이 얼마나 사랑스러운지.

12월 30일

학원 딜레마

오늘은 채영이를 데리고 친구가 소개해준 영어학원에 가보기로 마음먹었다. 논술학원이 끝나는 밤 10시에 맞춰 학원 앞에서 채영이를 기다렸다.

"엄마, 나 피곤해. 다음에 가자."

"내일하고 모레는 학원이 쉰대. 1월 3일에 새로 시작한다니 오늘밖에 시간이 없어. 피곤해도 갔다 오자."

밤 10시 45분. 학원에 도착하니 실장이라는 사람이 너무 늦었다며 평가시험은 다음에 보라고 했다.

'자기네 학원에 다니겠다는데 평가는 무슨 얼어 죽을 평가고, 거기다 다음에 다시 오라니 말이 돼? 아이 데리고 찾아오는 게 쉬운 일인 줄 아나…….'

나는 이왕 온 김에 결정을 하고 싶어 실장이라는 사람을 재촉했다. 잠시 후 채영이는 평가시험을 마쳤고, 실장이 그 시험지를 들고 원장실로 들어갔다. 그사이 나와 아이는 아무도 없는 복도에서 의사의 진료를 기다리는 환자처럼 멀뚱히 앉아 있었다.

어느새 밤 12시가 가까워지고 있었다. 그때 원장실에서 우리를 부르는 소리가 들렸다.

"채영이 피곤한가 보구나. 입술이 다 부르텄네."

원장이 입을 열었다.

'언제 봤다고 저렇게 다정하게 이름을 부르는 거야?'

원장은 세 장짜리 시험지를 한 번에 죽 훑어보더니 모든 것을 파악했다는 듯 고개를 끄덕였다.

"영어를 못하는 아이가 아니네요. 어느 정도 하는 데다 독해도 괜찮고, 잘하네요. 그런데 8차 교육과정이 어떻게 바뀌었는지 알고 계세요?"

시선이 나를 향해 있는 걸 보니 내게 묻는 것이었다.

"네?"

나는 고개를 갸우뚱하며 알 듯 모를 듯 애매하게 대답했다.

"아! 채영이가 첫째시구나!"

첫아이라면 그럴 만도 하다는 투였다. 초보 엄마이니 이해하겠다는 눈빛이었다.

'잘났다.'

나는 점점 심사가 뒤틀리기 시작했다.

"어법이 조금 약하긴 한데……. 이렇게 두면 아이가 수능에서 예상보다 점수가 더 안 나올 수도 있어요. 아시겠지만 제가 유명해진 것은 새로운 학습법 때문이에요. 한 6개월 정도 제 강의를 들으면 틀이 잡힐 것 같네요. 음…… 채영이는 공부를 웬만큼 할 아이인 것 같네요."

돌연 원장이 점쟁이가 되는 순간이었다.
학원 선생들의 마케팅 전략은 익히 알고 있다. 한눈에 아이의 모든 것을 파악할 수 있다는 듯한 몸짓, 공부 습관의 문제점을 족집게처럼 알아낼 것 같은 눈빛, 자기네 학원에는 아무나 들어올 수 없다는 말, 들어온다고 해도 삐끗하면 바로 자르겠다는 말, 그리고 우리나라의 입시 제도는 워낙 복잡하고 수시로 변하기 때문에 '엄마'는 도저히 따라올 수 없을 거라는 암시로 전문가를 자처하는 것.
'내가 한두 해 겪어보나? 우리나라에서는 약장수만 약을 팔지 않는다는 걸.'

"어떤 것 같아? 이 학원 다닐래?"
집으로 돌아오면서 나는 채영이에게 물었다.
"뭐 실력은 있는 것 같아 보여. 그런데 원장이 좀 숨 막힐 것 같기도 하고."
"그렇지? 너하고는 안 맞을 것 같지?"
나도 점쟁이처럼 말했다.
아이 마음은 딱 반반인 것 같았다. 그런데 내 마음은 이상하게 편치 않았다. 학원 간판을 바라보며 계단을 오를 때부터 그랬던 것 같기도 하고, 원장 손가락의 보석반지가 눈에 거슬려서인 것 같기도 했다.

"채영아, 학원이 좀 멀다. 다니기 힘들겠지? 영어공부 너 혼자서도 충분히 할 수 있지?"

"응, 이번 방학에는 혼자 해볼게. 근데 엄마, 그럴 거면서 오늘 뭐하러 갔어? 나 피곤해죽겠는데."

12월 31일

미용실

2010년의 마지막 날. 겨울.

오전에 방학 논술특강에 다녀온 아이는 잠이 들었다. 낮잠이 너무 길다며 남편이 깨우라고 재촉한다. 대신 나는 아이의 이불을 잘 여며주었다.

오후 5시.

푹 잘 잤는지 아이 얼굴이 고왔다.

셋이 둘러앉아 배춧국을 뜨겁게 데워 밥을 말아 먹었다.

나는 올해가 가기 전에 부스스한 내 머리카락을 잘라내고 싶었다.

"채영아, 쌍꺼풀수술도 물 건너간 것 같은데 머리라도 만지러 가자."

우리 둘은 나란히 미용실 거울 앞에 앉았다.

나는 뼈다귀 모양의 초록색 롤로 머리카락을 말았고, 아이는 구부러진 판자 모양의 롤에 긴 머리카락을 얹고 끈적끈적한 파마크림을 발랐다.

중화제를 바르고 머리를 헹구는데 색다른 샴푸 향기가 좋았다.

미용사가 머리를 잘 말려주었는데도 미용실을 나서자 선뜩 한기가 몰려왔다.

영하 10도의 추위.

사람들은 분주한 발걸음으로 빠르게 사라지고 있었다.

한 해가 저만치 가고 있었다.

2011년 1월 15일

대학교에 가면 1

채영이가 가평의 한 펜션으로 1박 2일 여행을 다녀왔다. 여행 멤버는 중학교 때 예고 준비를 함께했던 절친 서연이, 서연이 동생, 대학생인 서연이 사촌 오빠와 언니, 그리고 채영이다. 잘 놀다가 온 채영이는 눈 내리는 가평에서 친구와 한 새벽 산책이 돌아와서도 마음을 훈훈하게 만든다고 했다.

"밤엔 뭐하고 놀았어? 너 술 마셨지?"

"그럼 안 먹었겠어? 근데 나는 마실 기회가 없었다고 해야 하나. 겨우 서너 잔밖에 안 먹었어. 밤에 게임을 했거든. 처음에는 '원 카드'를 하다가 '369게임'을 했어. 걸리는 사람이 술을 먹는 건데, 다들 게임을 너무 못하더라고.

그렇다고 억지로 걸릴 수는 없잖아. 나는 한 잔도 못 마셨는데 서연이는 게임 시작하자마자 넉 잔이나 연달아 마신 거야. 그래서 '공공칠빵'으로 게임을 바꿨지. 그런데도 여전히 나는 한 잔도 못 마셨어. 그러다 '아이 엠 그라운드~ 이름 대기' 게임을 했는데 이제는 다들 취해서 계속 틀리는 거야. 게임에서 좀 틀리고 싶어도 그것도 마음대로 안 되더라고."

DRY
DIGITAL

"무슨 대학생들이 그런 술 마시기 게임을 하고 노냐?"

"근데 난 게임을 하면서 꼭 대학을 가야겠다고 다짐했지."

"왜?"

"이렇게 재미있는 걸 매일 할 수 있잖아……."

게임하면서 술을 마시는 대학교 1학년 새내기들의 놀이. 언젠가 대학 1학년생인 큰딸 채은이도 미팅을 하고 돌아와 "다들 몸만 대학생이지 노는 건 중학생 수준"이라고 말했다. 주로 대학 새내기들은 모임이 있거나 미팅에 나가면 짧은 시간 안에 친밀감을 형성하기 위해 채영이가 지난 밤 놀았던 게임을 한다. 함께 술을 마시는 이유도 이제 막 성인이 되었으니 그들에게 허용된 자유를 마음껏 만끽하고 싶어서일 것이다. '미리보기'처럼 미리 맛만 본 대학생들의 게임은 채영이에게 즐겁기 그지없었을 것이다. 아니, 게임이 즐거웠다기보다는 대학생이 되어야 할 수 있는 행동들이 한없이 달콤했을 것이다.

1월 24일

'밀당'의 정석

"너 대학 떨어지면 휴대폰 때문인 줄 알아!"

오늘도 나는 휴대폰 때문에 아이에게 싫은 소리를 했다.

누군가의 문자를 기다리는지 아예 강력본드로 붙여놓은 것처럼 손에 쥐고는 놓지를 않는다. 그 아이의 문자를 기다리는 듯했다. 채영이에게 며칠 전 음료수를 사준 같은 학원에 다니는 남자아이인 것 같았다. 그 아이에 대해 말하는 투가 이미 마음에 두고 있는 눈치였다.

뾰족한 수가 나기 전에 어설프게 아이를 건드렸다가는 본전도 못 건질 것이 뻔했다. 나는 그저 찬바람을 일으키며 방으로 들어가 침대에 누워버렸다. 그런데 웬일인지 아이가 쪼르르 내 방문을 열고 들어와 옆에 딱 달라붙어 드러눕는다.

"고3이 그렇게 연애하면서 신경 쓰고 그래도 되는 거니?"

묻는 말에는 대답도 안 하고 채영이가 다른 말을 한다.

"엄마, 문자 이렇게 보낼까?"

"뭐라고?"

"야~ 이 찌질아, 이렇게."

"너 그 애랑 연애하고 싶구나? 음료수 한 캔에 뻑간 우리 채영이. 이를 어쩌면 좋을까?"

채영이는 장난기가 발동했는지 내 말을 받아서 노래를 만들어 부르기 시작했다.

"뻑이 가요~ 뻑이 가~ 아주~ 뻑이~ 가~아~요."

"사귀고 싶니?"

"아니, 그냥 걔가 나한테 매달렸으면 좋겠어."

"뭐?"

"그렇게 되면 질려서 공부가 잘되거든, 흐흐흐."

"하핫, 너 정말 너무 못됐다. 걔가 너 좋아하게 만들어놓고 나서 그만두고 싶다는 거잖아. 그럴 거면 왜 사귀려고 해?"

채영이는 요즘 서서히 느끼는 설렘 한편으로, 고3이 남자 친구를 사귄다는 것이 마음에 걸렸던 모양이다.

"아~ 좀 그래서……. 아~ 괜찮은데."

"전에 그 애는 어떻게 하고."

"걔는 쪼그마해서 남자로서의 매력이 안 느껴져. 걔가 남자야? 아유. 걔는 그냥 '남자사람 친구'라니깐…….

아이, 그런데 왜 문자가 안 오냐고! 사실 어제도 안 왔어. 내가 문자를 안 보내고 있으면 지금 이 단계에서 문자가 와야 하는데……. 그래야 뭐가 좀 되지. 그런데 이렇게 문자가 안 오면 흐지부지될 수도 있는 상황이야. 그래서 나 지금 마음을 비우고 있어."

"널 잊은 거 아냐? 하하하."

"잊었니~ 니가 고백했던 그날 잊었니~~."

"채영아, 네가 먼저 전화하면 되잖아."

"그건 절대 안 되지. 그러면 만만하게 봐."

"신경전이네. 언제까지 이래야 하는데?"

"고백을 받을 때까지. 거기에는 단계가 있어. 그러니까 처음에 문자할 때는 약간, 너랑 문자하고 싶지 않다는 식의 느낌을 줘야 해."

"그래도 누군가는 먼저 문자를 보내야 하잖아."

"보통 남자애가 먼저 하지."

"왜 그래야 해? 네가 먼저 하면 되잖아."

"아~ 난 그러고 싶지 않아. 다른 애들은 그러는데 나는 안 그래. 내가 먼저 하기 싫어. 하여간 걔가 먼저 하면 나도 한 번 하고, 이런 식이야."

"아직 시작도 하지 않은 거네. 만약 걔가 문자를 보내와서 관심을 확인하면, 다음 단계는?"

"서로 문자 보내는 횟수가 서서히 늘어나겠지. 그러다가 상황이 아주 무르익었다고 생각하면 튕겨야 해. 근데 튕길 타이밍을 잘 잡아야 해. 서로 문자를 주고받다가 걔가 좀 더 하려고 하는 시점에 내가 딱 씹어야 하는데, 그 타이밍을 못 잡고 내가 한두 번 더 보내면 씹혀."

"누구 문자로 끝이 나는가가 중요하구나?"

"그렇지. 엄마도 알고 있네. 이것이 바로 '밀당'(밀고 당기기)이라는 거야."

"그다음 단계는 어떤 거야?"

"이제 상대가 나를 좋아하는 것 같다는 확신이 들면 '밀당'은 더 이상 안 해도 돼. 서로 사귀게 될 거라는 '필'이 오지. 그러고 나면 하고 싶을 때 편하게 문자를 해. 서로 '폭풍 문자'를 보내는 시기가 오는 거지. 하루 종일 문자하면서 지내는 상태랄까.

그런데 여기서 중요한 게 하나 더 있어. 상황이 아주 무르익었다고 생각할 때 한 번 문자를 딱 끊어야 해. 하루 정도 씹어줘. 그러면 애가 아주 안달이 나겠지. 그러다가 한 2~3일 지나서 무슨 일이 좀 있어서 연락을 못했다고 해. 그렇게 되면 애가 '고백'을 하는 거지. 보통의 레퍼토리는 이래요."

"하하하."

"근데 나는 고백을 받기는커녕 초기 단계에 끝나게 생겼어."

"그 씹어준다는 하루가 왜 중요할까?"

"음, 조바심을 일으키는 거지. 고백을 해서 애를 내 것으로 만들어야겠다는 마음을 불러일으키는 거지."

"고백을 받고 나면 그다음은 어떻게 되는데?"

"그러다가 한 번쯤 만나 밥을 먹거나, 아니면 전화를 하지. 문자에 하트도 가~끔 날려주기도 해. 근데 아주 가끔 날려줘야 해. 절대 남발하면 안 돼. 가끔 무심하게 해야 해. '나, 네가 좋아' 이런 말 뒤에는 하트

를 붙이면 안 돼. 예를 들어 '네가 좋아♡' 이러면 너무 대놓고 표현하는 거니까, 일단 '아 배고파~' 그러다가 '짜장면 먹고 싶다♡' 이러면서 하트를 날려주는 거지. 가끔, 가~아~끔."

"우하하하."

"뭐야? 이거 지금 녹음해?"

"응."

"헐."

그러고 나서 나흘 후, 그 아이는 채영이에게 '고백'을 했다.

1월 30일

균형 잡기

대학 입시를 준비할 때 고2에서 고3으로 넘어가는 겨울방학이 가장 중요하다고들 한다. 한 학기를 보내고 나서 방학을 하거나, 개학을 한 뒤 다시 학기가 시작될 때마다 아이들은 "이 시기를 잘 보내야 한다", "지금이 성적을 올릴 절호의 찬스다"라는 말을 수없이 듣는다. 이쯤에서 한번 신 나게 놀면서 휴식을 취하라는 말을 하는 사람은 주위에 단 한 명도 없다.

채영이도 그런 방학을 보내고 있다. 다른 부모들처럼 나도 이번 방학을 효율적으로 활용하기를 바라는 마음뿐이다. 하지만 책상에 오래 앉아 있는 것이 답이 아니라는 걸 안다. 그렇기 때문에 내가 유일하게 하는 말은 네 인생의 목표가 무엇인지 잘 생각해보라는 것이다. 시간을 쪼개 영어 단어 하나라도 더 외우고 수학 문제 하나라도 더 풀라고 다그칠 때마다, 어쩌면 이런 말들이 뜬구름 잡는 일일지도 모른다는 생각이 스친다.

매일 사진 찍으러 가네, 필름 현상하러 가네, 이런저런 모임에 나가네 하며 분주히 현관을 나설 때마다 나는 아이에게 오늘 하루도 즐겁게 보내라는 말을 건넨다. 그러면서 한편으론 오늘 하루를 성실하게 보내지 않으면 시험 보는 날 울게 될 거라는 말이 목구멍까지 올라온다. 하지만 이런 협박이나 예언 같은 말은 가끔씩 해야지, 입에 달고 살다가는 아무런 영향도 줄 수 없다는 걸 안다. 내 조바심과 욕심을 앞세웠다가는 "나도 안다니까. 공부가 쉬운 줄 알아? 그러면 엄마가 한번 해보든지……"라는 말만 되돌아올 뿐이다.

자식을 키우는 일도 애정만 가지고 되는 것이 아니다. 너무 깊이 참견하면 과잉보호나 쓸데없는 짓이라는 생각이 들고, 반대로 모든 일을 스스로 알아서 하라고 하면 내가 힘들어서 방치하는 것은 아닌가 하는 생각이 든다. 나 스스로는 나름의 기준이 있다고 생각하지만 어느 순간에는 처음부터 잘못되었을지도 모른다는 생각이 들곤 한다. 이런 고민은 내 일과 가족을 돌보는 일 사이의 균형을 맞추고 싶을 때 더욱 깊어진다.
엄마가 되고부터 나는 살림과 아이들 돌보는 일을 모든 것에 우선했다. 그러나 빨래를 하고 아이들을 씻기고 설거지를 하면서도 '나는 누구일까?'라는 질문을 내려놓은 적이 없었다. 세상 가운데 나는 어디쯤 위치하고 있는 것인지도 궁금했다. 매일 밤 거울 속에 비친 내 모습을 보며 고개를 갸우뚱하면서 수없이 물음표를 날렸다. 그러고는 이리 기웃 저리 기웃거리며 내가 살아 있다는 것을 느끼기 위해 다양한 것들을 시도했다. 하지만 답을 찾을 때까지 길게 가지 못하기가 일쑤였다. 걸림돌에 부딪치면 집 안으로 서둘러 몸을 숨겼다.

그러다 또 시간이 흐르면 집 밖으로 나갈 궁리를 했고, 막상 또 집 밖에서는 아이들과 살림에 대한 책임감으로 일에 집중하기가 어려웠다. 돌이켜보니 나는 남편과 아이들에게 기대어 사는 존재이면서, 동시에 홀로 서 있는 완성된 존재이길 바라는 이중적인 인간이었던 것 같다.

© 이강훈

3월 3일

고3이라는 낯선 이름

학교에서 돌아온 아이가 책상에 엎드린 채로 잠들어 있다. 옆에는 다이어리가 펼쳐져 있는데 색연필로 그린 그림이 보였다. 위태로운 나뭇가지 위에 여자아이가 혼자 서 있는 그림이었다.

평소에는 냉장고 문을 수시로 여닫고, 풀 방구리에 쥐 드나들듯 내 옆에 와서 재잘거리던 아이가 오늘은 꽤 늦도록 제 방에서 꼼짝을 않고 있다. 밤이 깊어서야 아이는 식탁 위의 과일 접시를 끌어당겨 사각사각 소리를 내며 먹었다. 그제야 나는 조심스레 말을 걸었다.
"오늘은 웬일로 책상에 엎드려 잠을 다 잤어?"
"그냥 뭣 좀 생각하다가 잠이 들었나 봐."
"뭐 속상한 일 있었어?"
"아니, 별로."
"누가 속 썩여?"
"그런 거 없어. 서연이처럼 각별한 친구가 우리 학교에 하나쯤 있으면 좋겠지만, 그다지 주변 사람들 때문에 속 썩는 거 없어. 그리고 고3이 친구가 있건 없건 뭐 그리 중요하겠어."

나는 채영이가 친구 때문에 고민이 생긴 건가 해서 걱정스러웠다.

"모든 관계들은 고3이 되고 나니 더 단순해졌어. 근데 중요한 건 이런 갑갑한 마음이야. 세상은 그대로 흘러가는데 나만 힘들어. 우리 반 애들도 예전과 달라진 게 없어. 몸매 가꾸고 화장하면서 깔깔거리고, 공부 좀 한다는 애들은 오늘도 어제처럼 아무 일 없다는 듯이 살아. 나 혼자만 머릿속이 복잡해."

나는 그제야 채영이가 그린 다이어리 속 그림이 이해가 됐다.

"주변은 달라진 게 없는데 나만 혼자 낯선 곳에 서 있는 거 같아. 대학에 가려면 뭔가 빡세게 해야 할 것 같은데, 오로지 나 홀로 해야 하는 것이 부담스러워. 그런데 내 속마음은 대학에 가고 싶은 것이 아니라 여기서 벗어나고 싶은 거 같아. 그런 느낌 알아? 이 답답한 상황에서 벗어나는 방법은 대학밖에 없다는 거. 게다가 올해 끝내지 않으면 또 해야 한다고 생각하니 미칠 것 같아."

"더 이상 물러설 곳도 핑계 댈 것도 없는……."

"없지."

"너 이제야 고3이 된 것 같다."

"그렇지."

"우리 그동안 '이제 고3'이라고 시동 많이 걸었잖아, 그치?"

"선배들 수능 보는 날, 이제 우리보다 고학년은 아무도 없다고 했지. 그리고 겨울방학 시작할 때, 또 1월 1일, 선배들 졸업할 때, 그때마다 엄마는 달리기 위한 시동을 걸라고 했지. 난 사실 그런 소리 들어도 별 생각이 없었어. 쫓기는 기분도 안 들고 별로 걱정도 안 됐어. 근데 이게 말이야, 누가 옆에서 주입한다고 되는 게 아니더라고. 굳이 말로 안 해도 돼. 어느 순간 온몸으로 느껴지더라니까."

정말로 내 아이가 고3의 마음가짐을 갖게 되었다고 엄마 입장에서 반가워하기에는 채영이의 그림 속 아이가 너무 외롭고 위태로워 보였다. 아래로 내려갈 길은 그 어디에도 없고, 신문지 한 장 크기의 그곳에서 한 발이라도 발걸음을 옮기면 낭떠러지로 떨어질 것 같은 모습이었다. 나뭇가지에는 푸르른 잎사귀 대신 시험지들이 너덜너덜한 채로 걸려 있을 뿐이었다.

established
ATHLETIC

3월 18일

입시설명회

오늘은 학교에서 학부모를 대상으로 하는 입시설명회가 있었다. 전 학년을 대상으로 하는 설명회였지만 발등에 불 떨어진 고3 엄마들이 대부분의 자리를 차지하고 있었다. 강사는 2년 전 내가 같은 자리에서 들었던 말을 똑같이 반복했다.

"내신, 수능, 논술에서 모두 좋은 성적을 얻어야 대학에 갈 수 있습니다. 그러나 세 마리 토끼를 한꺼번에 잡기는 힘듭니다. 세 가지 중에 주력할 부분을 찾아 미리미리 전략을 세우십시오."

고3을 둔 부모들이 과연 어떤 전략을 세워야 할지 생각해보았다. 내신성적 반영 비율 중 3학년 성적의 비중이 가장 높다고는 하지만, 이미 2년간 아이가 받아놓은 내신성적은 되돌릴 수 없는 부분이다. 또한 논술은 특성상 몇 달 동안 갈고닦는다고 해서 엿가락 늘이듯 실력이 늘어나는 것도 아니다. 그렇다고 수능점수를 높이는 일도 말처럼 쉬운 것이 아니다. 내신성적이 월등하게 잘 나오는데 수능점수가 형편없는 경우는 거의 없고, 수능 모의고사 성적이 잘 나오는데 내신성적이 바닥을 기는 경우도 거의 없다. 지금 시점에서 고3 엄마들이 세울 수 있는 전략이란 사실 없다고 보면 된다. 지나온 2년간의 성적표가 사실은

1년 후의 입시 결과를 예측하기에 충분한 자료라는 사실을 이들은 알고 있다.
나는 '세 마리 토끼 잡기' 전략보다는 각 대학별 입시요강을 세심히 살펴보는 일이 필요하다는 생각이 들었다. 입시설명회를 듣고 집으로 돌아와서는 "공부 좀 해라"라는 말보다는 "힘들겠다. 스트레스 많이 받지?"라며 아이를 위로해줘야겠다고 마음먹었다. 사전이 없으면 알아듣기조차 힘든 입시 정보들만으로도 머리가 지끈거리는데, 그 소용돌이 한가운데서 자신의 능력으로 현실에 가닿아야 하는 아이가 가엾게 느껴졌다.

3월 30일

정말 원하는 것

채영이는 어려서부터 미술과 관련된 대학에 가고 싶어 했다. 그래서 중학교 때는 예고 입시를 준비하기도 했다. 하지만 예고 입시에서 낙방한 후, 남편도 아이도 실기가 당락을 좌우하는 미대전형에 대해 확신을 갖지 못하고 있었다. 아니, 아이가 원하는 길이지만 그림 그리는 것으로 평가받게 하여 혹여 마음에 상처를 주는 일이 또다시 생길까 두려워하고 있었다. 그래서 아이가 고등학교에 진학한 이후로는 남편이나 나나 공부해서 대학에 가는 것이 낫다며 아이를 회유하곤 했다. 실기시험이 없는 의류 관련 학과나 미술과 관련 있는 여타 다른 대학을 목표로 입시 준비를 하자며 은근히 강요 아닌 강요를 해왔다.

그러나 마음속 깊은 곳에서는 남편과 나의 강요가 아이의 꿈을 무시하고 있는 것 아닌가 하는 우려가 있었다. 자신이 좋아하는 것, 원하는 것이 무엇인지 제대로 찾기 힘든 요즘인데, 하고 싶은 분야가 있다는 것만으로도 얼마나 대견한 일인가 하는 생각도 들었다. 나는 어찌 보면 한 번의 실패를 겪은 뒤 새로이 도전하지 말라고 부추기는 부모였던 것이다. 채영이의 어깨를 두드려주고 힘을 실어주지 못한 것이 오래된 체기처럼 내내 마음을 불편하게 하고 있었다.

그래서 이따금 "채영이 이제라도 미대 입시 준비하게 해줄까? 실기학원에 보내보면 어떨까?" 하고 남편에게 묻고는 뭔가 확신에 찬 동의를 기대하곤 했다. 그러나 남편은 그럴 때마다 "마음잡고 공부하는 애를 왜 또 흔들어놓느냐"며 퉁명스러운 말투로 대꾸했다.

그러면 나는 또 아이에게 가서 물었다. "너 정말로 원하는 것이 뭔지 다시 생각해볼래?" 아이는 "나도 잘 모르겠어. 실기를 다시 시작하면 자신감은 생길 것 같은데 실기평가라는 것이 교수들의 주관에 따라 천차만별이라서……"라며 말끝을 흐리곤 했다.

오히려 죽어도 그 길을 가겠다고 고집이라도 피우면 마음이 편하기라도 할 텐데, 아이도 매번 되레 나에게 이렇게 묻곤 했다. "엄마 생각은 어떤데?"

아이가 고3이 된 지 벌써 한 달이 지났다. 이제는 마지막으로 결정을 해야 할 때라는 생각이 들었다. 요 며칠 매일 밤 컴퓨터 앞에 앉아 '미대 입시'와 관련된 검색을 했다. 그러다 미대 입시에 다양한 경험이 있는 어느 블로거에게까지 조언을 구하는 지경이 되었다. 얼굴도 모르는 이에게 "우리 아이가 미대 입시를 준비하는 것이 가능한 일인지, 또 가능하다면 어떤 준비를 해야 하는지" 묻고 또 물었다. 혹시라도 긍정적인 답이 나오면 곧장 미술학원으로 달려가도 좋겠다 싶었다. 몇 시간 만에 기다리던 답글이 올라왔다.

"단언컨대 올해 안에는 어려울 것 같고, 적어도 삼수 정도는 해야 남들과 비슷한 실기 실력이 될 것 같습니다. 이미 실기를 시작하기엔 늦

었고…… 아이가 원해서 하면 삼수든 사수든 하겠지만 엄마의 강요로 인한 것이라면 아이는 버티지 못합니다."

내가 짐작한 대로 실기가 어렵다는 것, 실기를 시작하기엔 좀 늦었다는 답변이었다. 사실 도전해보라고 했더라도 무턱대고 따를 일도 아니었다. 누군가에게 의견을 묻고 답을 기다렸던 일은 그 누구도 판단과 결정을 대신해줄 수 없다는 사실을 다시 한 번 일깨워주었다. 그것이 나름 성과라면 성과였다. 그러나 나는 여전히 그 어떤 결정도 내릴 수 없었다. 할 수 없이 내 양쪽 손에서 오락가락하던 고민의 공을 채영이에게 던져버렸다.

"채영아, 네가 결정해."

4월 11일

어느 오후

학교 앞에 도착하니 4시가 훌쩍 넘었다. 수업이 끝난 아이들은 거의 집으로 돌아갔고 늦장을 피운 몇몇 아이들만 교문을 나서고 있었다. 어느새 집에 다녀온 건지 사복으로 갈아입고 학교 앞에서 학원 가는 차를 기다리며 친구와 수다를 떨고 있는 아이들도 있었다. 한가해 보이는 오후였다.

여의도에 벚꽃이 한창이라더니 학교 운동장에 드문드문 서 있는 벚나무에도 꽃이 한창이었다. 그 나무 아래에서 야구를 하는 남학생들도 있었다. 나는 두리번거리며 채영이를 찾았지만 보이지 않았다. 그때 전화벨이 울렸다.

"엄마, 어디야?"

"학굔데."

"엄마, 나 집이야. 5시에 학교에서 석식 먹으니 4시 40분쯤 갈 거야."

야간자율학습을 하는 아이들은 대개 방과 후에 학교에서 저녁식사, 그러니까 아이들 말로 '석식'을 먹고 바로 공부를 시작한다. 하지만 채영이는 학교와 집이 멀지 않아 수업이 끝나면 집에 와서 잠시 시간을 보내다 갈 때가 많았다. 내가 저녁밥 준비를 할 기색이 안 보이면 밥 먹고 가라고 해도 학교에서 먹을 거라며 신경 쓰지 말라고 한다.
"먹으나 안 먹으나 한 달 치가 고스란히 자동이체 되는데 아깝잖아. 그리고 점심보다 석식이 훨씬 맛있어."
아마 지난 3월 야간자율학습을 시작할 때 내가 했던 말 때문일 것이다.
"이제 학교에서 저녁밥까지 먹으니 정말 편하네. 예전에 할머니는 엄마 도시락을 두 개나 싸줬어. 할머니가 얼마나 힘들었겠니. 그래도 할머니는 음식을 워낙 잘하시잖아. 난 밥하고 반찬 만드는 게 왜 이리 힘드냐."

야구하는 아이들을 바라보며 운동장가에 서 있는 벚나무 아래를 한 바퀴 돌고는 채영이가 건너올 횡단보도 쪽으로 걸음을 옮겼다.
빨간불. 서 있는 채영이.
파란불. 뭘 그리 생각하는지 제자리에 그냥 있다.
"채영아, 어서 와!"라고 하니 그제야 천천히 길을 건넌다.

정각 5시의 식당. 아이들이 차례로 들어와 배식을 받기 위해 줄을 섰다. 채영이도 줄에 서 있었다.
"이거 조금만 더 주세요."
집에서는 들어본 적이 없는 말이었다. 채영이가 더 달라고 식판을 내미는데 마음이 이상하게 짠했다. 자식이 밖에서 음식을 채근하는 것이 그렇게 낯설 수가 없었다.
아이들은 띄엄띄엄 앉을 만도 한데 식판을 들고 가서 콩깍지 속의 콩처럼 차례대로 다닥다닥 붙어 앉았다. 채영이도 친구들이 있는 테이블로 다가갔다. 항상 같은 자리에 그렇게 모여 앉는 듯했다. 채영이와 함께 밥을 먹는 친구들이었다.

메추리알 간장조림, 고추장 오징어채 무침, 야채 순대볶음, 김치, 어묵국, 그리고 밥이 담긴 식판 위를 숟가락들이 바삐 움직였다. 담긴 모양은 정갈하지 않았지만 채영이가 맛있다고 말한 밥이었다.
그런데 저건 뭘까? 허여멀건 두꺼운 덩어리. 스테이크라고 하기엔 작으면서 하얗고, 동그랑땡이라고 하기엔 너무 큰 햄이었다. 벽에 붙어 있는 오늘의 식단을 보니 그 허연 햄이 햄버그스테이크였다.
'무슨 고기를 갈아 넣은 걸까?'
언젠가 TV에서 보았던 정체 모를 생선 내장을 갈아 넣은 불량 어묵도 떠오르고, 더럽기 그지없다는 M햄버거가 떠올랐다. 심심하다 싶으면 터져 나오는 학교 급식업체들의 비양심적인 식재료 관련 기사. 중식은 그래도 급식감시단 엄마들이 일주일에 두 번 정도 체크를 하지만, 석식은 야간자율학습을 하는 일부 아이들을 위한 선택이기 때문에 그런 관리 체계도 없다. 식사를 마친 아이들은 잔반들을 커다란 통에 쏟은 후 자리를 떴다. 나는 채영이에게 햄 맛이 어땠느냐고 물었다.
"맛있었어."

그래, 맛있으면 됐지. 불안한 마음에 더해 불신까지 할 필요가 뭐 있겠는가. 엄마의 걱정스러운 얼굴을 본 채영이는 쓸데없는 생각 말고 집에나 가라고 했다. 그러곤 사진은 좀 찍었느냐며 마치 신문사 데스크라도 되는 양 말을 툭 던졌다.

고3의 연애

"나 고2 막판에 연애하길 잘했다는 생각이 들어. 그리고 잘 끝낸 거 같아.

누군가 사귀면 하루 종일 그 사람 생각뿐이거든. 공부하고 밥 먹고 잠을 자긴 하는데,

그러면서도 온통 에너지가 거기로 다 쏠리는 거 있지.

그러니 고3 때 연애했다가는 공부고 뭐고 다 망치겠지."

4월 13일

한약

요즘 들어 채영이는 손발이 저리고 배에서 찬 기운이 느껴진다는 소리를 자주 한다. 오랫동안 책상 앞에 앉아 있으니 그렇겠지 싶었다. 그런데 퍼뜩 지난겨울에 한의사가 기가 약하고 혈액 순환이 좋지 않은 것이 근본적인 문제라며, 길게 보고 치료하라던 말이 떠올랐다. 어제는 다리가 저려 잠을 설쳤다는 말을 듣고 더 이상 미루면 안 될 것 같아 등교하는 아이에게 말했다.

"채영아, 오늘 한의원 가야 해. 알았지?"

"알았어. 고3 되니까 점심 먹고 한약 먹는 애들도 몇 있더라."

한의원에 가자고 하면 엄마나 먹으라며 뺀질거리더니 이번에는 별로 싫지 않은 기색이었다.

"고3이 벼슬은 벼슬인가 봐. 그치?"

한의사는 맥을 짚어보더니 작년 가을보다는 몸이 좋아졌다면서도 약을 더 먹이지 않은 나를 무심하다고 나무랐다. 지속적으로 치료를 했으면 지금 같은 증세는 없었을 거라고 했다. 한의사의 말이 사족 같다는 생각이 들어 남편의 진맥을 해달라고 재촉했다.

사실 아이도 아이지만 작정을 하고 남편에게 한의원에 함께 가자고 했다. 일주일에 서너 번 12시가 넘어야 들어오는 남편. 언제나 자기는 끄떡없다고 말하지만 얼마 전에는 당 수치가 높다는 말을 들어 신경이 쓰였다. 한의사는 나이가 나이니만큼 조심하라고 하면서 생활 습관과 몸이 느끼는 여러 가지 증상을 물은 뒤 등을 두드리고 배를 누르며 차트에 이것저것 써 내려갔다.

"아버님이 채영이보다 몇 배는 더 몸이 안 좋아요. 성인병이 올 확률이 무척 높습니다. 이렇게 관리를 안 하다가는 중풍이 오는 경우도 있으니 조심하세요."

나는 남편의 얼굴을 쏘아보며, 술과 담배 좀 줄이라고 수없이 잔소리를 했지만 들은 척도 안 했다며 한의사가 내 편이라도 되는 듯 일러바쳤다. 무엇보다 문제가 심각한 건 아닌지 걱정이 되었다.

"생활 습관을 바꾸는 게 우선이지만…… 그래도 약을 안 먹는 것보다는 먹는 게 낫겠죠."

한의사와 내가 열심히 말해봤자 남편은 앞으로 자기 몸을 위해 술과 담배를 끊고 가까운 거리는 걸어 다니며, 육식은 줄이고 채식 위주로 식사를 하겠다는 생각을 전혀 하고 있지 않은 게 분명했다.

나는 한의사와 이런저런 이야기를 나누면서 나란히 앉아 있는 남편의 얼굴을 바라보았다. 남편은 고개를 좌우로 흔들며 '나는 됐다'라는 신호를 보내고 있었다. 한의사가 약 짓게 하려고 괜히 하는 소리라는 표정이었다.

어쨌거나 아이 한약 짓는 데 같이 가자고 하니 선선히 따라와 아이 옆에 앉아 있는 남편을 보니 왠지 측은한 마음이 들었다. 문득 신파처럼 《가시고기》라는 소설이 생각나면서 한의사에게 전적으로 동의한다는 듯 말했다.

"그럼 약 한 제 지어주세요. 안 먹는 것보다는 낫겠죠."

4월 15일

벚꽃 구경

모의고사를 보고 온 채영이의 표정이 영 좋지 않았다. 언어영역에서 까딱하다가는 4등급이 나올지도 모른다고 했다. 언니 채은이는 기가 막힌다는 표정을 지었고, 나는 문제 푸는 방법을 모르는 것 아니냐고 아이의 뒤를 좇아다니며 이유라도 알아야겠다고 다그쳤다.

"채영아, 언어 문제도 분명히 답이 있을 텐데, 혹시 너 뭐든지 답이 될 수 있다고 생각하는 거 아니니?"

"지난번에도 말했잖아. 그런 거 아니라니까."

"문제에서 요구하는 답만 답이 아니라 네가 생각하는 답도 답이라며. 시를 읽는 사람마다 해석이 다 다르듯이 그렇다며!"

"공부를 안 해서 그런 거야. 이번에 수학 공부하느라고 시간이 없었어."

'언어영역에 뛰어난 머리가 따로 있는 것일까?'

내가 알 수 없다는 표정을 짓고 있으니 채은이가 거든다고 나섰다. 반쯤은 머리가 아파 보이고 반쯤은 넋이 나가 있는 동생을 불러 식탁에 앉혔다. 마치 긴급 상황에 투입된 구조원이라도 된 것 같았다. 채영이는 정말 알아듣는 건지 건성으로 안다고 하는 건지 고개만 까닥거리고 있었다.

"집중해서 보라니까! 문과에서는 언어가 가장 중요하다고. 수학만 잘하면 되는 줄 아나 본데, 너 지금 심각해."

"알았다니까. 듣고 있잖아."

어서 끝내자는 말투였다. 엄마와 언니의 조언이 귓바퀴에서만 맴돌고 있는 것이 분명했다. 붙들고 앉아 있어봤자 소용없을 것 같았다.

"이번 주면 꽃이 거의 다 질 거란다. 우리 밖에 나가서 한 시간이라도 걷고 오자."

내가 벚꽃놀이를 제안하자 채은이는 똑같이 철없는 엄마라는 듯 한숨을 쉬었고, 채영이는 좋아라 했다. 남편도 우릴 따라나섰다. 우린 아파트 앞에서 내다보이는 안양천으로 향했다. 빠른 걷기 운동을 하겠다던 남편은 사진을 찍느라 멈추고 또 멈추는 세 여자 때문에 굼벵이보다 느린 걸음을 걸었다.

깜깜한 하늘에 흐드러지게 핀 벚꽃 잎은 하얀 솜을 촘촘히 박아놓은 듯했다. 채영이는 벚나무를 보자마자 꽃을 한 움큼 꺾어 머리카락을 쓸어 올리더니 귀 뒤에 꽂았다. 그러더니 내 머리에도 꽃을 꽂아주었다.

"엄마, 벚꽃 구경 가면 이렇게 해주는 게 기본이야."

아이는 예뻤다.

하얀 얼굴이 불빛을 받아 평소보다 더 뽀얗게 보였다. 반짝이는 흑단

국인쇄
-3519 2676-286
나이스

같은 머리카락은 하얀 꽃 때문인지 더 검게 보였다. 채영이가 내 옆을 스치는데 오래전 엄마 화장대 위에서 맡았던 '코티 분' 냄새가 나는 듯했다.
꽃을 보고 기뻐하는 아이. 내 딸은 열아홉 살. 가만히 있어도 너무나 예쁜 나이.

4월 18일

어떤 길

오후 5시경. 긴 그림자가 드리운 길에 교복 입은 아이들의 모습이 하나둘 보이기 시작한다. 집으로 가는 도중이면 혹시 만날 수도 있겠다 싶었다.

학교 앞 문구점으로 들어가는 아이도 보이고, 하드를 들고 깔깔거리는 서너 명의 아이도 보였다. 채영이를 찾아보려고 차 속도를 늦추고 주변을 둘러보았다. 어떤 아이는 엉덩이를 안장에서 높이 떼어 허리를 세운 채 자전거를 타고 차 옆을 지나갔고, 한 무리의 아이들은 사방으로 이어진 횡단보도 앞에서 각기 다른 방향으로 흩어지고 있었다.

아침저녁으로 늘 보면서 살을 비비며 지내는 자식이지만, 우연히 마주치면 그렇게 반가울 수가 없다.

50미터…….

30미터…….

채영이였다. 얼굴이 자세히 보이지는 않지만 서 있는 아이 중 한 명이 채영이라는 걸 금세 알 수 있었다. 길게 내린 앞머리, 하얀 얼굴, 통통한 다리, 짧은 치마, 그리고 특별한 몸짓. 아주 멀리서도 마치 그곳에만 불빛이 비치는 것처럼 느껴졌다. 어미 개가 새끼를 냄새만으로 찾아내듯 그렇게.

채영이는 친구들과 이야기를 나누고 있었다. 한 아이는 얼굴에 주근깨가 가득하고 웃을 때 아기 같은 표정을 짓고 있었다. 몇 번 본 적이 있는 친구다. 무언가를 진지하게 이야기하고 있는 또 한 아이는 검정색 짧은 반바지에 검정 스타킹, 그리고 몸에 꽉 붙는 검은색 티셔츠를 입고 있었다. 아이들은 교복을 벗고 평상복으로 갈아입어도 학생 티가 나는데, 그 아이는 고등학생이라기보다 대학생처럼 보였다.

"오늘 모의고사였잖아. 아으, 피곤해. 근데 나 영어점수 12점이나 올랐어. 잘했지, 응?"

"언어는 어땠어?"

"엄만 왜 그렇게 욕심이 많아. 한꺼번에 어떻게 올려."

"언어가 계속 그대로라면 공부하는 방법에 문제가 있는 거잖아. 그나저나 아까 같이 이야기하던 애는 누구야? 친구 같던데 옷이 왜 그래?"

"응, 자퇴한 친구야. 목동에서 공부 잘하는 애들 다닌다는 W중학교 졸업하고, 목동에 있는 고등학교에 다니다가 우리 학교로 전학 왔어. 그런데 학교에 적응을 잘 못해선지 결석하는 날이 많아져가지고…… 결국 출석일수가 모자란다고 자퇴했어. 검정고시 보고 대학 갈 거래. 오늘 모의고사 보는 날이라 학교에서 시험지 얻어다가 선유정보도서관에서 혼자 시험 봤대. 근데 걔가 나보다 공부 잘해.

거성

그런데 엄마, 그것도 한 가지 방법일 수 있어. 공부 웬만큼 하지 않고는 검정고시로 대학 준비 못해. 학교에서 내신점수 따는 것보다 그게 나으니까 선택하는 거야. 나도 그렇게 할까? 히히."

"응, 그것도 방법은 방법이겠네."

그동안 자퇴한 아이라고 하면 삐딱하게 바라봤지만 막상 내 아이가 고3이 되고 나니 자퇴한 뒤 좋은 성적으로 대학에 합격한 사례를 들을 때면 그것도 한 방법이겠구나 싶기도 하다.

아이들 대부분은 먼지 뽀얀 교실에서 30여 명의 친구들과 서로 좋아하든 싫어하든 정해진 시간만큼 학교에 머문다. 실력이 있는 선생님이든, 타성에 젖어 가르치는 선생님이든 선택의 여지 없이 수업을 받는다. 고3이 되어서는 수능시험 교과목이 아닌 과목의 수업을 받는 것조차 시간 낭비로 여기고 있는 학교생활. 매일 반복되는 고등학생으로서의 생활태도를 훈시하는 조회와 종례. 전인격적 인재 양성을 위해서라지만 결국은 형식적인 특별활동. 이렇듯 모두를 향해 평균적으로 정해 놓은 틀이 공교육이다.

하지만 학교 밖에서 혼자 공부하다가 모의고사를 보기 위해 전에 다니던 학교에 온 아이의 모습은 낯설기만 했다. 어떤 먼 집단으로부터 온 이방인 같다는 느낌을 지울 수 없었다.

'앞으로 다가올 길고 긴 여름과 지루한 시간을 그 아이는 누구와 보내게 될까? 혼자 걷는 그 길이 시간을 단축할 수는 있겠지만, 언제나 매번 서두르면서 효율을 따지는 것이 과연 좋은 걸까?

답답하고 벗어나고 싶은 울타리지만 학교가 때로는 바람을 막아줄지도 모른다는 생각이 들었다. 3년간 높은 담장으로 둘러싸인 교실 안에 갇혀 있긴 하지만, 함께하는 수십 명의 누군가가 옆에 있다는 것이 눈에 보이지 않는 위안이 될 수도 있지 않을까?

4월 26일

봄바람

열흘쯤 전 벚꽃놀이를 나서던 날, 카메라와 필름을 챙기던 나의 마음은 이미 암실에 가 있었다. 가로등이 드문드문 서 있는 안양천변은 아직 쌀쌀해 숨을 쉴 때마다 찬 기운이 느껴졌다. 꽃을 봐도 별 감흥이 없는 나와는 달리 귀 뒤에 벚꽃을 꽂고 망아지처럼 이리저리 뛰어다니는 채은이와 채영이는 꽃 기운에 마음이 가벼워 보였다. 그런 딸들 뒤를 따라 걷고 있는 남편은 걸음이 자꾸 뒤처져 빨리 오라는 소리를 수없이 들어야 했다.

오늘은 그날 찍은 필름을 가지고 현상을 하기 위해 암실에 갔다. 집 걱정도 아이들 걱정도 잊을 수 있는 이 이상한 검은 방에 들어오면, 항상 문밖의 세상과 멀리 떨어진 채 낯선 곳에 와 있다는 느낌이 든다. 인화를 한 뒤 가까이 들여다보니 먼지보다 작은 점들을 콕콕 찍어 그림을 그린 듯한 입자들이 보였다. 며칠 전 모습인데도 오래된 기억 속의 한 장면 같았다. 한 컷 더 인화하고 싶었지만 그러다가는 채영이와 영화 보기로 한 시간에 늦을 것 같아 서둘러 밖으로 나왔다.

거리에는 중간고사를 끝낸 여자아이들이 교복을 입은 채로 무리 지어 다니고 있었다. 채영이네 학교 아이들도 간간이 눈에 띈다. 매일 다니는 학교를 벗어나 거리로 나온 아이들은, 매일 입는 교복 차림인데도 어딘가 좀 다르게 보였다. 조금 전 암실에서 인화지에 눈을 가까이했던 것처럼 그들에게 가까이 다가가면 가늘게 그린 아이라인도 보이고, 비비크림 위에 연하게 바른 분홍색 볼터치도 보인다. 몸만 고등학생이지 마음은 이미 스무 살을 넘어가고 있는 아이들.

시험이 끝나면 아이들은 가까이 있는 햄버거집이나 분식집에서 시험 끝낸 티를 낸다. 몇몇 아이들은 좀 더 멀리 진출해 홍대 앞이나 이대 앞으로 나가기도 한다. 부모님에게 보너스처럼 몇 만 원을 받아 들고 신촌행 버스를 탄다. 채영이도 고2 때까지는 시험이 끝나면 무슨 당연한 의례처럼 밖에서 놀다가 들어왔다. 저녁 늦게 돌아온 아이에게 뭐 하고 놀았냐고 물으면, 옷도 사고 떡볶이랑 아이스크림도 사 먹었다는 이야기를 신이 나서 들려주었다. 또 신중하게 골랐을 물방울무늬 머리띠나 휴대폰 고리도 보여주곤 했다. 노래방에서 나오다 엄마 생각이 나서 하나 샀다며 작은 선물을 건네주는가 하면 주머니에서 또 무언가를 꺼내 보여준다. 친구들과 꼬불거리는 노랑 가발을 쓰거나 미키마우스 머리띠를 하고 찍은 스티커 사진이다. 인화 전에 사진 안에다 원하는 그림을 그려 넣을 수도 있고, 뽀얗게 보정할 수도 있다고 한다. 채영이는 매번 마음에 들면 나에게 한 장 가져도 좋다고 했다. 나는 지갑 깊숙이 사진을 넣으며 인사 한마디를 잊지 않는다. "우리 딸이 제일 예쁘네."

이 특별한 사진에다 알록달록하게 도장도 찍을 수 있단다. 우표보다 조금 큰 사진부터 손톱만 한 사진까지 다양한 크기로 뽑은 사진들은 그날 하루를 온전히 기억하게 한다. 아마도 오랜 시간이 지난 뒤 책상 서랍에서 사진들을 발견하게 되면 바람 쐬러 나왔던 그날의 공기를 기억할 수 있을 것이다. 자유로운 냄새를 폴폴 풍기며 곁을 스치던 대학생들처럼 그 바람을 맞고 싶어 했다는 것을 기억할 수 있을 것이다.

홍대입구 지하철역 앞 횡단보도에 도착하니 채영이가 막 버스에서 내리고 있었다. 아이의 모습을 보자 아침에 채은이와 나누었던 이야기가 떠올랐다. 이제 수능일이 채 200일도 남지 않았다며, 3년 전 먼저 입시의 터널을 통과한 채은이는 요즘 하루하루가 아쉬운 때라는 말을 덧붙였다. 그래도 오늘은 채영이와 함께 영화 시사회에 갈 거라는 말에 채은이는 한숨을 내쉬었다.
영화를 보고 나오니 퇴근 시간이 훨씬 지났는데도 길거리는 사람들로 붐볐다. 밤이 되면 더욱 북적이는 대학가 주변, 이제 교복 입은 아이들의 모습은 거의 찾아볼 수 없다. 길가에는 백열등을 밝힌 떡볶이 포장마차, 귀걸이 좌판, '한 단에 2000원'이라고 써 붙인 꽃 리어카 들이 줄지어 서 있었다. 밥 먹고 들어가자는 내 말에 채영이는 어서 집에나 가자며 꽤 의젓한 모습을 보이더니, 이내 어디선가 좋은 향기가 난다며 두리번거렸다. 한 단에 2000원이라는 꽃 리어카에서 나는 향기였다.
아이는 꽃을 사고 싶어 했다. 길거리에서 파는 꽃은 금방 시들 거란 짐

미치도록 잡고...
아니, 되고 싶었다!
체포
5월 4일
감독
CINE2000

작으로 잠시 머뭇거리는 사이에 채영이는 벌써 꽃을 고르고 있었다. 채영이가 고른 꽃은 장미도 아니고 백합도 아닌, '냄새 좋음, 2000원' 이라고 쓰여 있는 이름 모를 꽃이었다.

버스를 기다리며 우리는 나란히 서 있었다. 막 샤워를 마치고 나온 듯 은은한 꽃향기가 좋아 코를 갖다 대면서 채영이의 얼굴을 올려다보았다. 내려다보는 눈꺼풀 위로 가늘고 긴 아이라이너 자국이 선명했다.

5월 7일

화장

"엄마, 내일 졸업사진 다시 찍어야 한대."
"왜? 얼마 전에 사진 다 찍었잖아."
"앞머리가 길게 내려와서 눈썹은 물론이고 눈까지 가릴 정도로 나왔어."
"쌤통이다. 그러게 앞머리 뒤로 넘겨서 머리핀으로 꽂으면 얼마나 좋아. 거봐, 내 말 안 듣더니 귀찮은 일 생겼네."

나는 채은이나 채영이가 앞머리를 기르는 것을 별로 마땅치 않게 여겨왔다. 그럴 때마다 아이들은 엄마 취향을 강요하지 말고 신경을 아예 끄라면서 오히려 나에게 한마디씩 하곤 했다. 유행도 모른다느니, 엄마도 앞머리를 내리면 좋을 것 같다느니…….
어찌 되었건 나는 왠지 이마를 가리는 것이 찜찜하다. 어른들이 말씀하시길 복은 이마를 통해 들어온다고 했는데, 꼭 그럴 것만 같았다. 올해만큼은 채영이가 이마를 훤히 드러내고 다녔으면 좋겠다.

다음 날 아침, 눈을 뜨니 거실이 부산스러웠다. 평소 같으면 한참을 깨워야 간신히 일어나는 아이들이 이리저리 왔다 갔다 하며 야단스러웠다. 채영이는 무척 활기차 보였다. 어제는 다시 사진 찍는 것이 귀찮다는 표정이었는데, 오늘은 친구 결혼식에라도 가는 양 한껏 치장을 하느라 들떠 있었다. 채은이까지 새벽잠을 마다하고 동생을 거들고 있었다. 동생의 머리카락을 고데기로 펴서 찰랑거리게 하더니 화장까지 해주었다. 아이라인을 그리고, 비비크림을 바른 뺨에 반짝이는 파우더로 마무리를 하고……. 한 시간을 넘게 둘이 온갖 바지런을 떨더니 그제야 늦었다며 채영이는 아침밥도 거른 채 집을 나섰다.

"채은아, 너희는 화장 안 해도 예쁜데 왜 그렇게 난리니?"

"놔둬. 그 나이에 얼마나 꾸미고 싶겠어."

"아무리 예쁘게 화장을 해도 교복에 영 안 어울리는 거 모르나 봐. '쌩얼'이 훨씬 예쁘다는 걸 왜 모를까? 화장하지 않고 문을 나서면 예의가 있느니 없느니 하는 말을 들어야 할 나이가 언젠가는 오는데 왜 굳이 예쁜 얼굴을 가리는 걸까."

"내버려둬요. 고딩 때는 쉬는 시간마다 거울 들여다보는 게 일상이잖아."

청소를 하려고 조금 전 아이들이 분주하게 오가던 욕실로 들어갔다. 콘센트에 꽂혀 있는 드라이어, 케이스에서 삐죽이 나와 있는 화장솜, 그리고 거울 속에는 비비크림으로 한 번, 파운데이션으로 한 번, 컨실러로 또 한 번 가리지 않으면 안 되는 기미 낀 내 얼굴이 있었다. 절대

'쌩얼'로 밖에 나갈 수 없는 중년 아줌마의 맨 얼굴이었다.

화장을 해야 그나마 조금 예뻐 보이는 나는, 화장 안 해도 예쁘기만 한 딸이 어질러놓은 집 안을 청소하며, 카메라 앞에서 화사한 표정을 짓고 있을 아이를 상상했다. 그러자 슬며시 웃음이 삐져나왔다.

5월 13일

가슴 통증

"아야!"

채영이가 오른쪽 가슴 아래로 손을 가져다 대더니 아프다고 한다.

순간 가슴이 철렁했다.

'혹시 심장이 안 좋은 건가?'

오후에 병원에 한번 가보자며 일단 학교에 보냈다.

내과를 가야 할지 흉부외과로 데려가야 할지 확신이 서지 않아, 검색창에다 '가슴 통증'이라고 쳤다. 그랬더니 가슴 기흉이나 폐질환, 심장병과 관련된 내용들이 떴다.

'그럴 리가…….'

나는 다시 검색어를 쳐 넣었다.

'고3 가슴 통증.'

'고3'이라는 단어를 덧붙이니 통증 앞에 신경성 혹은 스트레스라는 말이 주인 노릇을 하고 있었다.

'그럼 그렇지. 난데없이 심각한 병이겠어?'

병원에서는 엑스레이를 찍어보자고 했다. 결과를 기다리며 아이에게

물었다.

"의사가 뭔지 모른다고 하면 어떻게 하지?"

"엄만 참, 차라리 그게 나은 거지! 의사가 뭐라고 하면 더 심각한 거 아니야?"

맞는 말이다. 그저 '스트레스'라고만 진단해주면 좋겠다.

의사는 엑스레이상에는 아무 이상이 없다며, 이런 경우 '말초신경통'이라 한다고 진단했다. 몸을 따듯하게 해주고 피곤하지 않도록 주의하라고 했다. 나는 참 궁색한 진단이라는 생각이 들면서, 실제로 그런 병이 있는지도 의문이었다.

'열아홉에 신경통이라니! 말초신경은 또 뭐지? 아프다고 하니 그냥 '통증'만 갖다 붙인 것 아닌가?'

결국 진통제와 항생제로 처방해준 약을 지었다. 집에 와서는 황토찜질기를 찾아다가 가슴에 대주며 한숨 자라고 했다.

충분히 그럴 만할 것이다. 왜 아프지 않겠는가?

고3이 된 지도 두 달이 지났고, 나름 긴장하며 지내다가 고개를 들어보니 온통 꽃이니 축제니 젊음이니 하며 세상은 아무 일 없다는 듯 울긋불긋 흐르고 있었겠지.

낮에도 밤에도 차가운 시멘트 건물 안에서 아이들은 세상과 단절된 채 오롯이 혼자 외롭고 힘들 것이다. 크게 소리 지르기도 뭐하니 대신 몸이 신호를 보내는 것이겠지.

5월 16일

엄마의 첫사랑

"엄마, 아빠가 엄마의 첫사랑이야?"

"아마도……."

"뭘, 아마도야. 아니면서."

"엄마는 언제 처음 해봤어?"

"글쎄…… 꼭 말해야 해? 노코멘트야."

"뭘, 노코멘트야. 말 안 해도 알아."

두 딸이 엄마를 여자로 바라보기 시작한 때가 언제부터일까?
어느 날부턴가 아이들은 내가 무엇을 느끼는지, 어떤 욕망을 지니고 사는지, 무엇을 좋아하는지, 일일이 말하지 않아도 눈빛만으로도 알고 있는 것 같았다. 그리고 엄마와 딸의 인연으로 살기 이전의 나의 삶도 미루어 짐작하고 있었다. 부모의 기대에 충실히 따랐던 아이로 기억하고, 대학 졸업과 함께 좌절이 겹겹이 쌓이던 시간이 있었다는 것을 느끼고, 내게 자식들이 어떤 의미인지를 알고 있었다. 그리고 내가 남편, 그러니까 그들의 아빠와 어떤 무늬를 그리며 살아가는지도 알고 있었다.

나는 아이들이 짐작한 대로의 나일 것이다. 부끄러워서 시시콜콜 말하지 않는 것도 있고, 숨기고 싶어서 말하지 않는 것도 있지만, 아이들은 자신들의 가치관에 투영하여 내 모습을 느끼고 그린다. 나는 내 과거나 잣대로 아이들을 재단하고 싶지 않다. 엄마는 조금 더 먼저 인생을 살았던 여자일 뿐, 어떤 답이 될 수는 없다고 생각한다. 단정적인 말로 강요해서도 안 된다고 생각한다. 엄마의 삶이 세상을 살아가는 한 사람의 여자로서 어떤 이야깃거리가 된다면 그것으로 족하다. 아이들은 때로는 친구이며, 때로는 딸이다. 그리고 때로는 엄마이기도 하다.

"한 가지 분명한 건 나 자신이 선택해야 한다는 거야. 누군가와 연애를 할 때 그 순간 할지 말지도. 그리고 섹스가 갖는 의미도 알아야 해."
스물두 살, 열아홉 살 여자아이들에게 남자 친구, 성관계, 연애의 문제는 삶의 많은 부분을 차지한다. 그러나 아이를 키우는 일을 미리 학습할 수 없듯, 성관계와 연애도 미리 학습하기 어려운 일이다. 경험으로써만 알 수 있는 것들이다. 그래서 아이들은 후회와 자책을 남기는 실수를 할 수도 있다. 인문학과 철학, 역사를 공부하기 전에 현실적인 문제로서 만나고 만다.
"주변에 보면 남자아이의 마음을 붙잡기 위해 성관계를 하는 경우가 있어."
"그렇게 하면 남자 마음이 잡힌다니?"
"아닌 것 같아. 남자아이는 소문이나 내고 여자는 우스운 꼴 되고 그

래."

"어디서 한다니?"

"아~ 허접해. 건물 계단에서 했다는 애도 있어."

"그 아이는 영화도 안 보고 책도 안 본다니? 학교에서 성교육은 하니?"

남자의 마음을 얻기 위해 자신의 몸을 계단에 부려놓았을 아이를 생각하니 화가 났다.

"나중에 할 곳도 여자인 네가 선택해."

"알았어. 우리나라에서 제일 좋은 호텔에서?"

"아예 지금 정해놓을까?"

우리 둘은 번갈아가며 이름을 댔다. 각자 생각하기에 가장 멋진 장소를 말하며 깔깔거렸다. 그리고 성에 관한 문제는 결국 삶에 관한 문제이고, 성과 몸에 관한 여러 가지 의문을 풀 열쇠는 세계를 바라보는 눈에 있다고 얘기해줬다. 결코 '섹스' 자체의 문제로만 바라보면 해결되지 않으리라는 것도.

5월 20일

오늘은 친구들과 부암동 길을 산책하며 봄바람을 맞으러 밖으로 나갔다. 분위기 좋은 커피숍 창밖에는 봄비가 내리고 친구들의 이야기는 자장가처럼 들려 나는 봄날의 고양이처럼 꾸벅꾸벅 졸았다. 우린 늦게까지 그렇게 앉아 있고 싶었지만 아이들 저녁밥을 챙기러 바람처럼 뿔뿔이 헤어졌다.

집에 와 쌀을 씻어 안치려는데 택배와 문자메시지가 동시에 도착했다. 택배는 대학 선배가 채영이에게 보내 온 문제집과 참고서들이었고, 문자는 학교에서 공부하고 11시에 오겠다는 채영이의 문자였다. 저녁밥은 맛있게 먹었는지 답 문자를 보냈다. 바로 답이 왔기에 채영인 줄 알고 읽어보니, 학교에서 보낸 문자였다.

"귀댁의 자녀가 5/20, 국어A 방과 후 수업에 불참하였으니 지도 바랍니다. 선유고."

학기 초에 문자서비스를 받겠느냐는 가정통신문에 동그라미를 그려 보낸 이후로 등록금이 입금되었다거나 성적표를 발송했다고 문자를 보내주기도 하고, 또 이렇게 친절히(?) 방과 후 수업 등의 출석 여부를 알려주기도 한다.

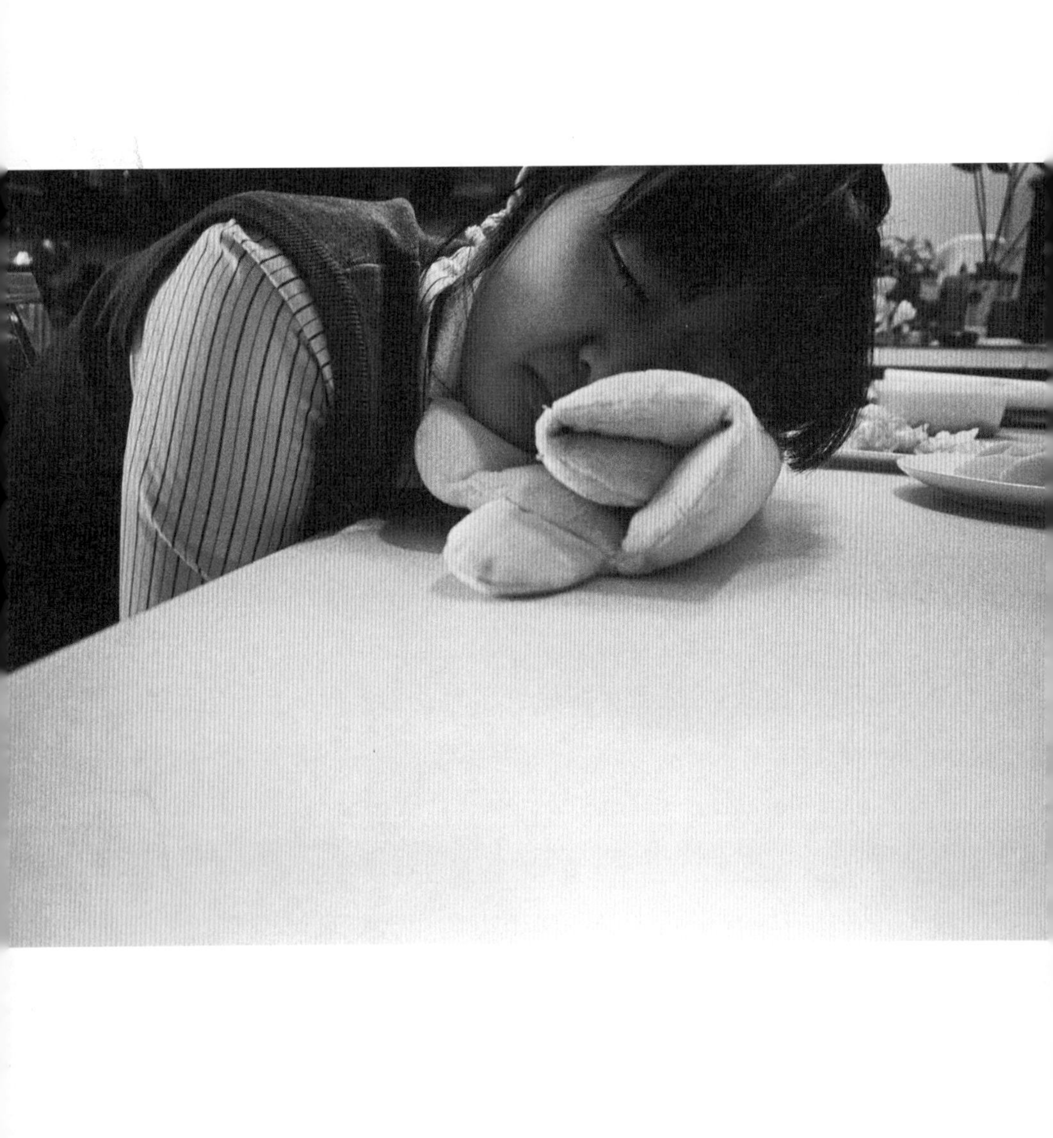

아이가 어릴 때는 이런 문자가 반가운 적도 있었다. 학원에 도착하면 "귀하의 자녀가 학원에 등원했습니다"라고 문자를 보내주어 안심하곤 했다. 어린아이가 밤늦게 버스를 타고 학원으로 가고 나면 무사히 도착했는지 걱정스러웠기 때문이다.

그러나 이제는 이런 문자가 더 이상 필요하지 않았다. 아니, 오히려 아이와 나를 이간질하는 것 같아 거절하고 싶었다. 아이들의 안전과 관련된 것이 아니라면, "이번 특강이 귀 학생에게 도움이 안 되는 것 같으니 수업료를 환불해주겠습니다" 등의 내용이면 얼마나 좋겠는가.

"방과 후 수업, 너에게 도움이 안 되는 거 같더라. ♡♡♡"

"응. 근데 또 문자 갔구나? ㅎㅎ♡"

"힘들지? 네 무게를 엄마가 나누고 싶지만 마음뿐이네. 사랑한다는 말 말고는 할 것이 없당."

"그거면 충분함. 나야말로 엄마의 무게를 덜어주고 싶어요. 파이팅"

"눈물 고이려 함^^*"

"울면 못생겨져서 안 돼ㅋ 매일매일 웃으며 삽시다. ♡"

휴대폰을 손에 쥐고 있는데 눈물이 났다. 독서실에 앉아 밤을 보내고 있는 아이가 안쓰러웠고, 소파에 길게 누워 문자질을 하고 있는 나는 괜한 감상에 젖어 모든 일들이 쓸쓸하게 느껴졌다.

그러곤 스르르 잠이 들었다. '학교에서 아이를 지도하라고 했는데 내가 제대로 한 것일까?'를 생각하면서.

수업시간이나 야간자율학습 시간에 문자가 와서 확인해보면 엄마의 응원 문자다. 나와 함께 가준다는 생각에 감사하다. 고3인 나보다 엄마가 더 많은 짐을 지고 있다는 생각에 죄송하기도 하다.

— 채영

5월 24일

셰이크와 김밥

이맘때 고3 아이들에게는 말 한마디도 중요하다.

한의사가 "이 약을 먹으면 살이 조금 찔 수도 있어요"라는 말만 안 했어도 채영이는 한약을 그런대로 잘 먹었을 것이다. 오히려 "몸이 조금 더 가벼워질 겁니다"라고 했으면 좋았을 것을. 나는 약을 다 짓고 나오는데 살이 조금 찔지도 모른다는 말을 덧붙이는 한의사 뒤통수를 한 대 때려주고 싶었다. 이번에 지은 약은 산삼을 넣었다 해도 효과가 없을 것이라 확신했다.

아니나 다를까. 채영이는 이 핑계 저 핑계를 대면서 약을 챙겨 먹지 않는 것은 물론이고, 입맛이 없다며 밥도 잘 먹지 않았다. 저녁에 학원에 가려면 밥을 먹어야 하는데 오늘도 '셰이크'를 타 먹겠다고 했다.

셰이크는 식사 대용 분말로, 끼니를 대체하려면 통 안에 들어 있는 스푼으로 두 번 떠서 물에 타 먹어야 한다. 그것도 수북하게 두 스푼이 아니라 됫박 깎듯이 두 스푼이다.

논술학원에 갈 시간. 서둘러야 한다면서 채영이는 내게 셰이크를 타달라고 했다. 급히 셰이크를 타서 텀블러에 넣고, 밥 한술이라도 먹이려고 아기들에게 먹이듯 맨밥을 김으로 싸서 플라스틱 통에 담았다.

차가 목동교를 지나자 아이는 셰이크를 마시기 시작했다.
"왜 이리 걸쭉하지? 물이 모자랐나?"
내가 김밥도 하나 집어 먹으라고 하자 셰이크가 죽 같다느니 걸쭉해서 잘 안 넘어간다느니 투덜거렸지만 나는 못 들은 척했다.

오늘도 목동교 너머 퍼지는 노을이 예뻤다. 계절에 따라 노을은 색을 달리한다. 아이를 학원에 내려주고 백미러에 비친 등 뒤의 노을을 보면 쓸쓸하기도 하지만 가끔 평온한 감상에 빠지곤 한다.
노을이 질을 때면 내 차 앞으로 끼어드는 차에 양보하기도 수월하다.
빨간 신호등에 걸려 멈춰야 할 때도 조급한 마음이 들지 않는다.
'떠나고 싶다. 어디론가…….'

"도대체 셰이크 몇 스푼 넣었어?"
"……."
"수북하게 두 스푼 넣었지?"
나는 채영이를 보고 그냥 씩 웃었다.
"왜 못 들은 척해?"
어느새 학원 앞이었다. 아이는 김밥과 셰이크를 모두 비웠다.
"잘 다녀와. 이따가 10시 반에 올게."
사실 나는 수북이 두 스푼 넣고도 아쉬워 반 스푼을 더 넣었다. 정량으로 따지면 세 스푼이 조금 넘는 양이었다. 그러니 그리 걸쭉했겠지!

#언니 채은

첫째 아이의 냄새가 그립다.

아기 때는 자주 토해 하루에 몇 번씩 옷을 갈아입혀도 몸에서 비릿한 젖 냄새가 솔솔 풍겼다.

몸을 움직여 놀기 좋아했던 아이는

한 손으로 머리카락을 쥐고 묶어주기도 힘들 만큼 머리숱이 많았다.

땀 흘린 채 그대로 잠들면 머리카락에서 하루 지난 찐빵 냄새가 나곤 했다.

어느덧 딸은 스물한 살, 스쳐 지날 때마다 연한 향수 냄새가 솔솔 난다.

6월 2일

모의고사

첫째 채은이가 고3 때 학교에서 시험을 보는 날이면, 집에 있는 나도 함께 시험을 보는 기분이었다. 마음 편히 그 시간을 보내려다가도 시험 보고 있을 아이를 떠올리며 '엄마가 돼가지고 마음이라도 모아주어야지……' 하며 경건한(?) 분위기 속에서 시간을 보내곤 했다. 때로 아이가 시험을 망치고 오면 '엄마가 딴생각을 하고 있었으니 아이가 잘될 리가 있나' 하며 내 탓을 하기도 했다.

그러나 고3 엄마도 이제 두 번째다 보니 단지 엄마의 기도는 엄마의 기도일 뿐이라는 생각이 들어 첫아이 때처럼 유난을 떨지 않게 된다. 아이가 학교에 간 사이에는 성적을 올려달라고 기도하고, 아이가 돌아온 후에는 아이 뒤를 따라다니며 점수를 물어보는 하루. 이렇게 아이가 있을 때나 없을 때나 하루 종일 신경을 곤두세우다 보면 서로 좋을 일이 없다. 오히려 아이가 엄마 곁에 머무는 시간에만 최선을 다하는 것이 서로에게 편한 일이다. 아이도 내 에너지를 오롯이 자신에게 쏟아붓고 있다는 것을 느끼면 부담스러워 고개를 돌릴 테니까.

오늘은 고3 모의고사 중 가장 중요하다고들 하는 6월 모의고사가 있었다. 6월 점수가 넉 달 뒤의 수능점수를 예측하는 지표라고 한다. 남은 기간 재수생을 포함한 모든 수험생이 나름의 자기 공부를 해나가기 때문에 이번 시험의 순위가 수능 때까지 이어질 거라고들 말했다.

"시험 잘 봤어?"

"……."

"채영아, 너 언어, 수리, 외국어, 사탐에서 전부 1, 1, 1, 1등급 나온 거 아냐?"(웃음)

"엄마, 왜 엄마는 엄마 바람을 이야기해? 이상해. 우리 반 애들 시험 망쳤다고 난리야, 난리."

언제나처럼 채영이는 시험이 자기하고는 상관없는 일이라는 듯 말했다. 어떤 시험이든 시험 결과를 물으면 자신보다 못한 아이들 이야기를 했다. 그러면 나는 이렇게 말하곤 한다.

"부자가 되려면 부자 꽁무니에라도 따라가야 가능성이 생긴다는 말도 있더라. 맞는 말인 것 같아. 공부도 잘하는 아이들을 부러워하고 이겨야겠다는 마음이 들어야 성적이 오르는 거야."

나는 미래를 걱정하고, 다른 이들을 부러워하고, 자신의 현재에 만족하지 못해야 무언가가 향상된다고 믿어왔다. 긍정적인 결과를 얻기 위해 현실을 부정함으로써 그것을 새로운 일의 출발점으로 삼는 것이 나의 오랜 습성이었다. 오로지 미래를 희망하고, 다른 이들을 있는 그대로 인정하고, 자신이 괜찮은 사람이라고 인정해도 되는데 말이다.

오늘은 아이가 시험 보는 시간에 기도를 했다. "엄마~ 우리 반에서 나보다 잘 본 애는 없는 것 같은데"라는 말을 듣게 해달라고 기도했다. 그러나 이내 기도로 되는 것이 아니구나 하는 생각이 또다시 들었다. 아이의 표정이나 말투가 영 아니었다. 이미 아이들의 답안지가 교탁에 모이기도 전에 인터넷에서는 이번 시험이 매우 쉬웠다는 말이 나오고 있었다. 올 수능도 '물수능'일 거라는 예측도 했다.

아르바이트에서 돌아온 채은이도 오자마자 채영이의 점수를 물었다.

"시험이 좀 어렵게 나와야 너한테 유리할 텐데 걱정이네. 쉬우면 변별력이 떨어져서 네 점수대의 아이들이 삐끗하면 두 등급 이상 떨어질 수도 있을걸."

그도 그럴 것이 시험의 난이도가 높았다고 하면 채영이는 오히려 점수가 좋았다. 나와 채은이는 뭔가 대책을 마련해야 한다는 듯 시험을 주제로 이야기를 나눴다. 그런데 정작 본인인 채영인 남 이야기한다는 듯 멍하니 바라만 보다가 친구를 만나러 나가야 한다고 했다. 내가 허락을 하자 채은이는 나에게 눈을 흘겼다.

"엄마는 나한테는 안 그러더니 채영이한테는 무사태평이라니까."

"지금 심각하긴 해. 수능일은 평소보다 긴장해서 점수가 더 안 나온다고 하더라."

"엄마, 어떻게 하려고 그래?"

"그래도 오늘은 쉬라고 해. 하루 종일 시험 보느라 얼마나 힘들었겠어. 근데 채영이 말이야. 벌써 삐끗하면 나오는 그 등급 나온 거 같은 눈치더라. 어쩌지?"

2011
유웨이 중앙
수험 자료
수시

6월 3일

꽃 때문에

어제 채영이는 그렇게 중요하다는 6월 모의고사를 보고서도 마치 초등학교 1학년생이 받아쓰기 시험을 보고 온 양 태평한 얼굴을 했다. 하지만 속마음은 얼마나 탔겠는가. 등급에 '3'이라는 숫자가 뜨면 서울에 있는 대학에 가기 힘들다는 것을 본인도 잘 알고 있기 때문에 아이에게 별말 하지 않았다. 그런데 오늘, 학교에서 돌아온 아이 머리 위에 꽂힌 꽃을 보자 내 추측이 빗나간 것 같았다. 속이 없어도 너무 없어 보였다.

현관을 열고 들어서는 아이의 머리 위에는 붉은 백일홍 한 송이가 피어 있었다. 급하게 걸어왔는지 유난히 하얀 얼굴과 붉은 뺨이 고갱의 타히티 처녀 같기도 했고, 새색시 얼굴처럼 발그레했다. 솔직히 예쁘긴 예뻤다. 그러나 내 입에서는 험한 말들이 쏟아져 나왔다.

"너 정신이 있는 거야, 없는 거야! 도대체 대학은 가려고 하긴 하는 거야? 어제 틀린 문제 다시 풀어보긴 한 거야?"

아이는 들어서던 걸음을 멈추었다. 환한 웃음기도 얼굴에서 사라졌다. 상황을 알아차린 언니 채은이는 틀린 문제 좀 다시 보자며 시험지를 갖고 나오라고 가만가만 말했다. 잠시 후 시험지를 들고 식탁으로 나

오는데 아이가 울고 있었다. 그러자 채은이가 서둘러 채영이를 방으로 데리고 들어갔다. 남편은 옆에서 아무 말 없이 멀뚱멀뚱 있었고, 난 심각한 얼굴로 소파에 앉았다. 아이들이 들어간 방에서는 채은이의 말소리만 간간이 들려왔다.

'내가 너무한 건가? 이럴 거였으면 시험 끝나자마자 앉혀놓고 이야기 할걸. 집에 들어서는 아이에게 무작정 화를 내고…….'

웬만해서는 울지 않는 아이가 우니 마음이 영 안 좋았다. 내 기분을 맞추려고 허둥대던 아이들에게 미안한 마음이 들어 슬슬 방으로 가봤다. 두 아이의 까만 뒤통수 사이로 책상 위에는 눈물 콧물 닦은 휴지가 가득했다. 그리고 휴지 무더기 위에는 조금 전 채영이 머리 위에 꽂혀 있던 백일홍 한 송이가 아무렇게나 내팽개쳐져 있었다.

6월 9일

내신 관리

"채영아, 고3 내신이 1, 2학년 때보다 비중 높은 거 알지? 내신 관리 좀 해. 어떻게 하려고 그래."

"내신 잘하는 아이들은 꼼꼼한 아이들이야. 그날그날 예습 복습도 잘하고, 나처럼 남자 친구가 있지도 않고 치마도 줄여 입지 않는 모범생들이 잘해. 유관순처럼 치마 길게 입고 다니는 애들 있잖아."

"넌 왜 못해? 제발 이제부터라도 유관순처럼 살아."

"아휴, 몰라. 해도 안 오르는데 어떻게 하라는 거야, 정말."

"내신점수 따기 쉽다고 목동에서 너희 학교로 전학 오는 애들도 있는데, 이번 기말고사에서는 제발 신경 좀 써라, 응?"

"엄마는 내가 굉장히 공부 잘할 수 있는 애라고 생각하나 봐. 나를 너무 과대평가하는 거 아니야? 조금 더 노력하면 수직상승하듯 성적이 올라갈 거라고 생각해?"

"그럼 엄마가 안 믿으면 누가 믿어?"

"이건 믿음의 문제가 아니야. 유관순 어쩌고저쩌고 했지만 사실 나도 내신 잘 나오는 아이들이 부럽다니까. 나라고 욕심이 없겠어? 나도 더 잘하고 싶다고."

6월 11일

친구 때문에

채영이는 어릴 때부터 영화를 보기 시작하면 아무리 지루한 영화라고 해도 중간에 코를 골거나 자리를 뜨는 경우가 없다. 내가 영화의 스토리를 잘라 한 부분만 이야기해도 어떤 영화인지, 어떤 배우가 주연이고 조연인지 줄줄 꿸 정도로 영화를 즐긴다. 언제 그 많은 영화를 다 봤느냐고 물으면 "뭐, 일삼아 보나? 틈틈이 보고 싶은 거 찾아보고 그러는 거지"라고 한다.

얼마 전 아이의 수첩에 빼곡히 적힌 영화 목록을 보았다. 그런데 2학년 때까지는 일주일에 영화 한 편씩은 적혀 있더니 올해 들어서는 드문드문 한 달에 한 편 있을까 말까다. 그러더니 오늘은 웬일로 학원에서 돌아온 아이 손에 DVD 하나가 들려 있었다. 얼마 전에 개봉한 영화 〈파수꾼〉이었다.

채영이는 배고픈 아이가 허겁지겁 라면 자판기에 동전을 넣듯 DVD를 플레이어에 넣고 극장처럼 거실 전등을 껐다. 그렇게 두어 시간이 흘러 영화가 끝났다.

"주인공들이 쓰는 말투나 단어가 실제 너희가 쓰는 거랑 정말 똑같지?"

나는 거실 전등을 켜며 아이에게 말을 걸었다.

"어쩜 그렇게 현실하고 똑같을까? 영화 속 주인공들 상황에 정말 공감 백배야."

"어떤 상황이?"

"친구 관계 말이야. 나도 얼마 전에 그런 일 있었잖아. 어쩌다 보면 친구와 어색해지는 순간이 생기거든. 분명 문제가 생기긴 생긴 건데…… 그래서 해결하고 싶지만 딱히 어떻게 해야 할지 몰라 고민이 되는 거 말이야."

"너도 지난번에 그랬어?"

"응. 엄마도 알잖아. 나도 원인을 찾아보려고 했지만 아무리 생각해봐도 이유가 떠오르지 않는 거야. 그러면서 드는 느낌이 후회였어. 이유 없는 후회랄까. 어디서부터 잘못된 것일까, 자꾸 생각이 나면서 시간을 그 이전으로 돌리고 싶었어."

"많이 힘들어 보이더라."

"사람들은 우리가 고민이 있다고 하면 공부 때문일 거라고 생각해. 그게 아닐 수도 있는데. 얼마 전에 M외고에서 한 아이가 자살했잖아. 소문엔 친구 문제라고 하더라고."

"엄마 생각인데, 학교라는 한정된 공간도 한몫하는 것 같아."

"그렇지. 학생이 아니면 보고 싶지 않은 사람을 안 볼 수도 있지. 그렇지만 우리는 늘 학교에 가잖아. 보고 싶지 않아도 봐야 하거든. 특히 한 반이면 매일 부딪치잖아."

수험생에게는 친구 고민도 이성 문제도 공부에 방해되는 것으로 여겨지곤 한다. 조금이라도 문제가 생길 기미가 보이면 주변에서는 고민을 멈추라고 말한다. 하지만 관계로 인해 생기는 일에 무심할 수는 없을 것이다. 공부에 집중해야겠다고 마음을 다잡으며 속으로 고민을 삭였을 아이를 생각하니 애처로운 마음이 들었다.

> 사소한 이유로 시작해 자살까지 이어지는 것을 보면서, 영화 속 이야기가 실제 현실에서도 충분히 일어날 수 있겠구나 싶어 새삼 충격이었다. 지난 내 힘듦과 주인공의 힘듦을 나란히 놓아보며 위안이 되었다.
>
> — 채영

6월 12일

철없는 엄마 걱정

첫딸 채은이는 대학생이다. 3년 전 채영이와 똑같은 고등학교를 졸업했고, 똑같이 입시의 긴 터널을 걸었다. 채은이는 자신이 목표로 한 성적이 나오지 않으면 울면서 현관을 들어서는 아이였다. 그럴 때면 나는 좀 더 열심히 하면 된다는 말을 꺼낼 수가 없었다. 스스로도 충분히 자신을 질책하고 있었기 때문이다.

참고서나 문제집과 씨름을 하다가도 가끔은 방문을 열고 나와 "엄마, 난 내가 뭘 좋아하는지 모르겠어"라며 도통 알 수 없는 자신의 꿈에 대해 어지러워했다. 나는 대학교에 가서 천천히 여유를 갖고 찾아보면 될 거라는 답 아닌 답을 했다.

누구나 그렇겠지만 나도 첫아이를 키우는 일이 쉽지 않았다. 다른 어떤 아이들보다 잘 키우고 싶은 마음은 하늘에 가닿을 정도였지만, 처음이라서 내가 제대로 하고 있는 건지 알 수가 없었다. 이유식은 언제 시작해야 할지, 유아기 때 친구는 어떻게 만들어줘야 할지, 수학학원은 어느 곳으로 정해야 할지, 왕따를 시키지도 왕따가 되지도 않으려면 어떤 말을 해주어야 할지…….

수없이 예측이 빗나갔고, 가끔은 맞기도 하는 내 판단을 믿으며 순간 순간을 넘겼다. 시도와 도전에 대한 결과는 특히 예측하기 힘들었다. 마음만 앞선 나의 욕심에 때로는 아이가 힘든 순간을 보내기도 했다. 초등학교 3학년 아이가 어려워하던 수학 문제가 6학년이 되면 누워서 떡 먹기처럼 쉬워지듯, 나에게 첫아이를 키우는 일은 항상 긴 시간이 흘러서야 고개를 끄덕이게 되는 일이었다.

채은이의 대학 진학은 우리 가족에게 꿀보다 달콤한 기쁨을 주었다. 목표로 하는 대학에 수석입학했다는 놀라운 소식을 가져다주었고, 게다가 4년 장학생이 되어 나와 남편의 어깨를 가볍게 해주었다. 아이가 자신의 힘으로 얻은 결과였지만 나는 내 힘으로 이룬 것처럼 뿌듯했다.

그러나 이 모든 것은 인생이라는 긴 여정의 한 과정일 뿐이었다. 대학에 진학한 아이는 그 이전과는 다른 고민에 빠지곤 한다. 졸업 후 진로에 대해 이제 또 새로이 탐색을 해야 하는데, 고3 스트레스보다 더하면 더했지 덜하지는 않은 것 같다. 낭만과 자유를 만끽하기에는 상황이 만만치 않다. 학점은 누군가를 이겨야 하는 상대평가이고, 졸업 후 취업을 위해서는 '스펙'을 쌓아야 한다.

'부모의 삶도 아이들의 삶도 원하는 것을 하는 게 아니라 그저 해야만 하는 것을 하는 걸까? 어쩌면 이건 아닐지도 모른다. 더 높이, 더 높은 곳으로 끝없이 올라가야 하는 게 사는 일인가?'

날이 더워선지 며칠째 몸은 처지고 기분도 덩달아 내려앉는다. 그런 엄마의 기분을 그냥 지나칠 리 없는 채은이는 무슨 일이 있느냐며 자기에게 털어놓으라고 한다. 마치 내 언니라도 되는 듯 의젓하게 굴었다.

"채은아, 요즘 이런 생각이 든다. 모든 것의 문제는 집착에 있는 것 같아. 집착 하나만 내려놓으면 되는데 왜 이러고 사는 걸까? 모든 걸 내려놓고 싶어. 살면서 무언가를 더 많이 갖고 싶었던 거, 무언가를 이루고 싶었던 마음. 너무 아웅다웅 살았던 것 같아. 모두 부질없다는 생각이 든다. 그저 마음 편히 살고 싶어."

딸은 다 알아듣겠다며 고개를 연신 끄덕였다. 난 은근히 위로 섞인 말을 기다렸다.

"엄마, 다 좋은데, 그래도 채영이 대학은 보내고 그렇게 해."

"뭐? 지금 그게 할 소리야? 나도 몰라! 모른다고! 지가 알아서 하라고 해."

"나 다음 달에 교환학생 가고 나면 어떻게 될지 걱정이야, 걱정! 채영이 고3인데 철없는 엄마 때문에 심히 걱정도 되고. 내가 있어야 하는데 말이야."

채은이는 이제 슬슬 날이 더워지면 고3 아이들이 지쳐가는데 엄마까지 힘 빼고 앉아 있으면 어떻게 할 거냐고 야단을 부렸다. 그러면서 미국에 가서도 동생 신경 쓸 거라며 말했다.

"우리 엄마가 어떤 엄만데. 이러다 내일이면 힘내서 또 씩씩하게 잘할걸?"

"내가 네 자식이냐?"

갑자기 웃음이 나왔다. 사탕을 사주면 울음을 뚝 그치는 어린아이처럼 씩 웃었다. 그러고 나니 기분도 바뀌는 것 같았다. 채은이를 보고 있자니 기특하기도 하고 우습기도 했다. 말 나온 김에 속마음도 마저 이야기했다.

"하루 이틀도 아니고 앞으로 남은 시간 동안 어떻게 지내야 하니? 아직 산 중턱도 못 간 것 같은데 왜 이렇게 까마득한지 모르겠다. 이런 말 하면 안 되지만 고3 엄마라는 거 이제 지겨워죽겠어, 채은아."

채은이가 어렸을 때는 내가 없으면 아이가 어떻게 되는 줄 알고 살았다. 그런데 이제는 채은이가 없으면 내가 어떻게 될 것만 같다.

6월 17일

새벽 1시 반

"우르릉, 쾅!"

천둥소리에 잠이 깼다.

잠시 조용해지나 싶더니 참은 숨을 한꺼번에 내뱉듯 비가 퍼붓기 시작한다.

'애가 아직 안 왔는데.'

깜짝 놀라 벌떡 일어나니 밤 1시 20분.

독서실 봉고차가 이미 아파트에 들어섰을 시간이다.

우산을 들고 뛰었다.

경비 아저씨도 깊은 잠에 빠진 아파트 정문 앞.

상가 앞 찢어진 현수막이 머리를 푼 소복 입은 여자같이 비바람에 날려 퍼덕거린다.

저 멀리.

칠흑 같은 어둠을 뚫고 나타나는 '은하철도 999'처럼 어둠 속에서 봉고차 한 대가 달려오다 멈춘다.

표정 없는 아이들이 서둘러 차에서 내리고, 아이는 나를 보자 우산 속으로 달려들어 온다.

"힘들지?"
"아니, 괜찮아."

어느새 차에서 내린 아이들은 불 꺼진 아파트 안으로 스르르 사라지고 없다.

당가
2·3층

6월 20일

닭죽

고3이 된 아이들은 처음에는 마음을 굳게 먹는다. 그러다가 꽃이 피고 진 뒤 나무들이 푸르러지는 여름이 올 즈음, 열아홉 청춘의 아이들은 사계절 중 청춘이랄 수 있는 자신들과 닮은 계절을 맞이하면서 마음이 싱숭생숭해진다. 채영이도 학교에서 야간자율학습을 한 아이들이 결국 나중에 좋은 성적을 낸다는 말을 들어서인지 개학한 3월부터 야간자율학습을 시작했다. 친구들이 2학년 때와는 달리 모두들 열심히 한다며 각오를 단단히 하는 눈치였다.

그러더니 5월부터는 야간자율학습을 하고 돌아오는 날이 부쩍 줄어들었다. 학원에 가는 이틀을 빼고는 차분히 학교에 머물던 채영이가 야간자율학습실 분위기가 산만하다며, 저녁밥을 먹으러 일단 현관에 들어서면 영락없이 다시 학교로 가질 않았다. 그러곤 집에서 공부가 더 잘된다며 시키지도 않은 말까지 했다.

내가 봐도 야간자율학습실의 공기는 어수선하다. 자발적으로 자율학습을 원하는 학생들에게 자리를 배정해주고 출석을 체크하기는 해도 강제성이 없다 보니 시간이 갈수록 이 빠진 초등학생처럼 빈자리가 많을 수밖에 없다. 스스로 자신의 공부에 집중하면 된다지만 친구들의 빈자리는 아이의 마음에 느슨함을 가져다줄 것이다.
어제는 억지로라도 야간자율학습실에 보내려다가 애처로운 마음에 그만두고 말았다. 아침 7시부터 4시까지 수업 받고 와서, 또 11시까지 공부하는 것이 얼마나 힘들겠나 하는 생각이 들었다.
"엉덩이 붙이고 오래 앉아 있다고 해서 공부를 많이 했다고 할 수는 없는 거야. 한 시간을 해도 집중해서 해. 알았지? 좀 쉬어."
그러자 채영이는 새털처럼 가볍게 "네"라고 하며 소파에 누워 휴대폰을 만지작거렸다. 10분쯤 지났을까? 조용해서 가보니 아이는 휴대폰을 손에 쥔 채 그대로 잠들어 있었다.

오늘은 4시까지 수학학원에 가는 날인데 채영이가 3시 반이 되도록 집으로 돌아오질 않았다. 학원에 가기 전에 무엇을 먹일까 고민하던 나는 어제 먹다 남은 삼계탕이 떠올랐다. 날도 더워지고 해서 식구들이 모두 모인 일요일 낮에 해 먹은 것이다. 나는 남은 닭살을 발라 닭죽을 끓여놓고 아이를 기다렸다. 하지만 채영이는 오자마자 늦었다며 빨리 데려다 달라고만 했다. 시계를 보니 벌써 3시 55분이었다.
힘들게 학원에 다녀온 아이가 말했다.

"남자애들도 쓰러져."
"날이 더워서 지치고 힘든가 보다."
"애들이 학원에서 다들 엎드려 있어. 나만 쌩쌩해. 샘이 나만 초롱초

롱하다고 했어."

'어제 집에 오자마자 낮잠을 서너 시간이나 잤으니 그렇지. 푹 쉬었으니 그럴 만도 하지'라고 말하고 싶었지만 또 비꼰다고 할 것 같아 그만두었다.

"배고프겠다. 닭죽 먹을래? 그냥 밥 줄까?"

"둘 다 줘."

'그래 밥도 먹고, 죽도 먹어라. 그러고 이 여름 지치지 말고 잘 보내.'

나는 식은 닭죽을 다시 가스레인지 위에 올렸다.

6월 21일

더운 날

학원에서 돌아와 아이스크림을 찾으러 냉장고로 달려가며 채영이가 말했다.

"샘이 나 이과 가도 될 정도로 수학 잘한대."

아이는 학원 수업을 나름 열심히 받고 왔다는 듯 자랑스럽게 말했다. 요즘 공부 잘하고 있으니 걱정하지 말라는 뜻이기도 했고, 더위가 시작되어 아이들이 엿가락처럼 늘어질 대로 늘어지지만 자기는 잘 견디고 있으니 그리 알라는 말이었다. 나는 고개를 끄덕이고 엉덩이를 툭툭 쳐주며 기특하다고 해주면서도 속으로 중얼거렸다.

'엄마 위해서 공부하니? 다 너를 위해서 하는 거지.'

6월 24일

학원 수업

나는 학원 공부는 선생님에 의해서도, 학원의 학습시스템에 의해서도 그리 큰 영향을 받지 않는다고 생각한다. 그보다는 아이 스스로 자신에게 학원이 필요하다고 생각하고 학원을 다녀야 공부에 도움이 된다고 본다. 그래서 아이가 새로운 학원에 가는 첫날이면 항상 이렇게 말한다.

"채영아, 학원은 단지 학원일 뿐이라는 거 알지? 학교 공부 하다가 조금 더 깊고 다양한 내용이 필요하다고 판단되거나, 네가 해결하지 못하는 문제에 도움을 얻기 위한 곳이 학원이라는 거 명심해."

그러면 아이는 자기는 적어도 학원 숙제를 위한 공부는 해본 적이 없다면서, 귀가 닳도록 들어서 이미 머리에 콕 박혔다고 걱정 말라고 한다. 그래도 나는 다시 한 번 못을 박는다.

"남들이 모두 다니는 학원이라 안 가면 불안하니까, 아니면 학원비 아까워서 다니는 거라면, 한 달 수업료 다 내고 하루를 갔더라도 그날부터 가는 일 없는 거다, 알았지?"

억지로 가는 거라면 나는 그 시간에 집에서 잠이나 자라고 한다. 그러면 학교에서 수업 중에 졸지 않고 집중이라도 할 수 있을 거 아닌가.

"채영아, 이제 그 학원은 그만 다닐 때가 된 것 같은데?"라고 하면 "맞아, 엄마. 어떻게 알았어? 나도 그렇게 하려고 했어"라고 했다. 아이는 고등학교에 진학하고서는 스스로 학원이 필요할 때를 알았고 또 학원 수업을 그만두어야 할 때가 언제인지 판단했다. "엄마, 학원이 별로야"라고 내게 말하면 "그래, 선생님께 전화드려라"라는 한마디면 끝이었다.

아이들은 내가 백 개의 눈은 아니더라도 자신들을 보고 느끼는 열 개의 눈쯤은 가지고 있다고 생각하는 것 같다. 가끔 나에게 "엄마는 귀신같다니까"라고 한다. 하지만 나는 귀신도 아니고 점쟁이도 아니다. 그저 아이 입장이 되어보는 것이 전부이다. 학원 가방을 들고 나가는 모습만 봐도 아이가 학원에서 어떤 모습으로 앉아 있을지가 그려진다. 그리고 아이들이 툭툭 던지는 몇 마디로 학원 선생님의 수업 방식을 미루어 짐작할 뿐이다.
나는 내적인 욕구 없이 열 시간을 책상에 앉아 있는 건 아무 소용이 없다고 생각한다. 그리고 부모가 보살펴야 할 것은 공부에 기울이는 시간 점검이 아니라 아이의 마음이라고 생각한다. 아이들의 고민이 어찌 시험 성적뿐이겠는가. 우리는 아이들을 단지 미성숙하다고만 생각한다. 하지만 그들도 어른들처럼 '인생'이라는 말을 하루에도 수십 번 하며 산다.

6월 27일

근사한 말 찾기

12시 반에 독서실 봉고차를 타고 집으로 오는 채영이가 오늘은 공부가 잘된다며 새벽 2시에 데리러 와달라고 문자를 보냈다. 소파에 누워 텔레비전을 보던 남편은 자기가 데리고 올 테니 먼저 자라고 했다. 남편에게 부탁을 해놓고 방에 들어가 침대에 누웠지만 잠이 쉬 오질 않았다. 왠지 남편이 깜빡 잠들어 시간을 놓칠 것만 같았다. 아니나 다를까, 나가보니 남편은 소파에서 리모컨을 손에 든 채 잠이 들어 있었다.

새벽 1시 40분. 학원가에 있는 독서실 앞으로 갔다. 10시만 되면 줄지어 아이를 기다리던 엄마들의 승용차도 하나 없었다. 이슬비 내리는 길에는 청소차 시동을 건 채 환경미화원들이 쓰레기를 수거하고 있었다. 뜨문뜨문 서둘러 속력을 내는 차의 헤드라이트 불빛이 섬광처럼 나타났다가 순식간에 사라졌다. 나는 새벽 4시쯤이 아닌가 하고 잠시 착각에 빠졌다. 아마도 환경미화원들이 일을 시작하는 시간을 그쯤으로 기억하고 있기 때문일 것이다. 아이를 기다리며 독서실 앞 아파트에 불이 켜진 집이 몇이나 되는지 세어보았다.

'하나, 둘, 셋, 넷, 다섯…….'

그러는 사이 채영이가 나왔다. 눈은 거의 반쯤 감겨 있는 채로 서둘러

602
502
402
302
202
104 한솔도시락
105 사진 나라
B02

차에 올라탔다. 나는 힘드냐는 말을 건네려다 그만두었다. 당연히 힘들 거고, 엎드려 잤을 테고, 배가 고플 것이 뻔했다. 아이에게 건넬 말이 뭐 좀 없을까 생각하다가 만날 하는 말이라곤 "배고프지? 힘들지? 잘래? 공부 안 해?" 뿐이다. 이런 말 말고 근사한 말 어디 없을까.

7월 2일

큰딸 채은

내 침대에서 잠든 딸의 모습이 빗속 저 멀리 서서히 다가오는 여명 속에서 밝아지고 있다. 조금 전까지도 내 옷소매 속으로 손을 넣어 팔을 만지작거리던 채은이를 바라본다. 서너 시간 뒤면 이제 1년을 기약하고 아이는 유학길에 오를 것이다.
채은이는 스무 살이 넘은 지금도 베개를 들고 와 "난 엄마 팔이 필요해"라며 같이 잠을 자자고 침대에 오른다. 아이가 내 팔을 만지며 부드럽다느니 따듯하다느니 하면서 가만히 손을 대고 있으면 그렇게 기분이 좋을 수가 없다.
아기였을 때는 하도 잠을 자지 않아서 밤에는 남편이, 꼭두새벽에는 내가 일어나 돌봐야 했는데 요즘에는 학교 가라고 깨우려면 한 30분은 걸린다. 초등학교 운동회 때, 운동화를 벗은 채 빨간 양말만 신고 일등으로 뛰어 한동안 '빨간 양말'로 불리던 아이. 지고는 못 살아 언제나 눈을 반짝였지만, 눈물이 많아 드라마를 보면 누구보다 먼저 눈물을 찍어내는 아이다.

첫 번째로 내게 온 아이이기에 함께했던 매 순간이 항상 '처음'이었다.

철없는 엄마였던 내가 행복하면 아이에게도 행복한 기운이 그대로 전해졌고, 내가 힘든 시간을 보내면 아이도 덩달아 힘들어했다. 결혼하고 살림을 하면서 지치고 우울한 순간이 많았던 나는 아이를 위해서라도 몸과 마음을 일으켜 세워야 한다고 부단히 노력했다. 그때는 채은이가 나의 전부였다. 되돌아보면 엄마인 내가 아이를 키운 것이 아니다. 나는 채은이를 버팀목 삼아 나의 하루하루를 채워나갔다.
이렇게 오랫동안 멀리 떨어져 지낸 적이 없었는데……. 어젯밤 채영이는 내기를 하자고 했다. 공항에서 내가 울지 않으면 자기가 3만 원을 주고, 내가 울면 자기에게 3만 원을 달라고 했다. 아무래도 이길 가능성은 거의 없어 보인다.

큰아이, 나의 동지이자 예쁜 여자 친구.

새벽빛이 조금 전보다 더 밝아지고 있다. 나는 가만히 아이 손을 끌어당겨 만져보았다. 물 한 방울 안 묻히고 지낸 손이라서 그런가? 참 부드럽고 따듯했다. 나는 그 손을 내 얼굴에 대고 한참을 있었다.

© 신채영

#아빠의 뽀뽀

사업 때문에 남편은 연일 새벽 1시가 넘어 현관에 들어선다.

"채영이 자?"

이제 막 잠자리에 들었다고 해도 기어코 아이 방에 들어선다.

자고 있는 아이 이불을 다시 덮어주고, 아이 볼에 자신의 커다란 손등을 비빈다.

선잠 든 아이는 시큼하게 삭은 홍시 같은 술 냄새에 이불을 얼굴까지 끌어당긴다.

'뽀뽀' 근처에는 가지도 못하고 남편이 돌아 나오면서 중얼거린다.

"지 에미 닮아서 쌀쌀하긴……."

7월 5일

대학교에 가면 2

나는 아이들 입시에 관해서는 누군가와 상의하는 편이 아니다. 정보는 인터넷으로, 결정은 아이와 내가 한다는 작은 원칙을 갖고 있다. 그러나 채은이 때도 그랬고 막막할 때면 찾는 한 사람이 있다. 고등학교 선생님이자 15년간 한동네에서 정을 나눈 인생 선배인 김홍선 선생님이다. 그는 내가 미처 알지 못했던 것, 그리고 꼭 알아야 할 것들에 대해 조언도 해주지만 언제나 아이들 미래에 대한 큰 그림을 그리라고 말한다.

"이렇게 하면 대학에 떨어지고 저렇게 하면 대학에 붙는다"는 얕은 수법을 말해주는 대신, 아이가 그동안 키워왔던 소질과 잠재력을 어느 곳에 펼칠 수 있는지 객관적인 입장에서 머리를 맞대고 상의해주곤 했다.

어제는 입시와 관련된 이야기를 하다가 아이를 대학에 합격시키는 것이 크나큰 과제인 나에게 이런 말을 해주었다.

"세상에는 아주 많은 길이 있지요. 사람들이 그 길을 잘 몰라서 그렇지 대학에 가지 않아도 잘살 수 있지 않을까요?"

아마 그는 수많은 학생들의 입시를 도왔을 것이다. 그리고 또 대학에 진학하지 못한 아이들의 삶도 알고 있기에 그런 이야기를 했던 것 같다. 이른바 '좋은 대학'에 가서도 만족하지 못하는 아이들도 있지만, 어떤 아이들은 대학이 아닌 원하는 길을 선택해 행복한 삶을 살기도 한다고 했다. 그는 '성공'이라는 단어를 쓰지 않고 '행복'이라는 말을 선택했다.

그의 말을 들으며, 이미 입시의 길에 들어선 지 오랜 내 아이가 새삼 그 길을 모색하기에는 늦었다는 생각이 들었다. 그리고 우리나라 교육 상황에서 아이들이나 학부모가 그 길을 찾아내는 것이 가능한지 다시 그에게 되묻고 싶었다.

한 반이 30명이라면 30명 모두 대학에 진학하는 것이 목표인 현실에서 아이들과 부모들은 미래를 모색하기도 전에 대부분이 거대한 흐름에 몸을 맡길 수밖에 없다. 다수의 아이들은 자신이 가야 할 길을 모색하기 전에 우선은 대학에 가고 보자는 심정이다. 그래서 대학에 진학하고 난 후에 아이들은 더 큰 고민에 빠진다. 나도 큰아이를 대학에 보내고 나서 몸으로 느끼고 있다. 대학 졸업이 아이의 미래를 보장해주지 않는다는 것, 그래서 대학에 들어간 순간부터 고등학교 때와는 비길 수 없을 정도의 경쟁과 스트레스에 맞닥뜨린다는 것을.

우리는 고등학생 중 80퍼센트 이상이 대학에 진학하는 나라에 살고 있다. 기차를 타고 강을 건너서라도, 집에서 천 리나 떨어져 있더라도, 대학이라는 문패가 붙은 어느 곳엔가 발을 담가야 한다고 부추기는 나라이다. 하지만 명문대학을 나오면 우리 사회에서 말하는 '성공'이 보

601
603

장될까? 적어도 나는 아니라고 말하고 싶다.

이른바 'SKY'(서울대, 고려대, 연세대)를 졸업했지만 입학할 때의 빛나는 영광은 그때뿐이었다. 그 누구도 명문대학에 입학했다고 나의 미래를 보장해주진 않았다. 당신의 노력이 부족했다고, 열심히 노력하지 않은 탓이라고 말할 수 있겠지만, 나의 경우는 사회의 책임을 묻지 않을 수 없었다. 명문대 비인기학과의 여학생이 사회에 진출할 수 있는 기회는 그리 많지 않았다. 같은 과 남학생들은 사회 진출을 원할 때 남자라는 이유만으로 보너스처럼 주어진 특혜를 누리는 것을 수없이 보았다. 만일 나에게도 책임을 묻는다면 이렇게 말하고 싶다. 내 꿈이 무엇인지 탐색하지 않았던 것, 그리고 대학에 가서도 내가 진정 원하는 것이 무엇인지 알아보지 않았던 것이 잘못이라면 잘못이라고.

30여 년이 지나도 화나고 억울한 나의 신세타령은 이쯤에서 각설하겠다. 어쨌거나 우리 아이들은 내가 대학에 다닐 때보다 훨씬 더 힘든 세상에 살고 있다는 건 확실하다. 모두들 한여름 불나방처럼 대학을 향해 뛰어들다가, 대학에 들어가서도 상대적인 학점 평가로 4년간 학점 따기에 전전긍긍하며 고등학교 시절의 고통보다 더한 스펙 쌓기에 전념해야 한다. 졸업하고 나서 사회에 내동댕이쳐지지 않으려고 휴학을 하면서까지 졸업을 최대한 미루고 또 미룬다. 이것도 부모가 학비를 대주는 아이들의 이야기다. 부모로부터 학비 지원을 받기 어려운 아이들은 하루 종일 아르바이트를 해야 간신히 등록금을 낼 수 있다. 게다가 생활비까지 벌려면 휴학을 할 수밖에 없다. 미래를 보장받기 위해 대학에 가지만, 현재를 유지하기 위해 미래를 유보하거나 멈춰 서야 한다.

참으로 답답하고 한심한 노릇이다. 그러나 나는 앞으로 나아가야 한다. 나는 김 선생님을 채근했다.
"일단 대학에 보내고 나서 이런 거 다시 고민하면 안 될까요? 근데 선생님, 입학사정관제 전형으로 대학 가기가 그렇게 힘든 거예요?"

7월 19일

한여름의 청바지

장마가 끝나자 무더위가 시작되었다. 아이가 학교에서 돌아와 헉헉거리며 학원 갈 준비를 서두른다. 반바지를 입나 했더니 청바지를 입고 나온다.

"더운데 다른 거 입어."

"다리가 굵어서 안 돼."

"채영이 살 좀 빠져야 하는데, 어쩌면 좋아……."

"요즘 살 뺀다고 하거나 몸매 유지하는 애들은 공부 안 하는 애들이야. 살찔까 봐 안 먹고 매일 몸무게 달아보고 온 신경을 외모에 쓰면서 공부가 되겠어?"

7월 22일

엄마의 죄

"엄마, 쿨탁 샘이 오늘 수업시간에 그러더라. 우리들한테 공부나 열심히 하라면서, 원서 쓰고 대학 보내는 건 엄마들이 할 일이라고."

아이가 다니는 수학학원 강사인 '쿨탁 샘'은 믿음이 가는 선생님이다. 선생님은 학원에 오는 아이들이나 학부모들에게 교육 현실이나 아이들의 실력에 관한 이야기를 건넬 때 말을 빙빙 돌리거나 막연하게 말끝을 흐리는 식으로 쓸데없는 희망을 심어주지 않는다. 억지로 아이들을 붙잡기 위해 필요 없는 말도 하지 않는다.

"8월이 되면 원서를 쓰기 시작하는데, 어느 대학에 갈 수 있는지 여기저기 기웃거리면서 성적이 안 된다고 실망하지 말래. 또 요행히 좋은 대학에 갈 수 있을 거라는 기대도 하지 말라고. 이미 자신이 갈 수 있는 대학은 자료로 다 나와 있으니 학교를 정하고 나면 엄마에게 모든 것을 다 맡기래. 그리고 무슨 대단한 공부라도 하는 것처럼 엄마한테 신경질 내거나 짜증 부리지 말라고 하셨어."

맞는 말이다. 대학에 가야만 하는 고3 아이들은 공부 하나만 가지고도 마음의 여유나 시간의 여유가 없다. 매년 바뀌는 입시 정보들을 이해하고 전략을 짜서 원서 넣는 것은 누군가가 도와주어야 가능한 일

2011

이다.

"근데 엄마들에게는 죄가 있대."

"이래저래 신경 쓸 것도 많은데 죄는 또 무슨 죄?"

"엄마들의 죄는 오직 하나래. '낳은 죄'."

8월 3일

수능 100일 전

어제는 수능 100일 전이었다. 몇몇 아이들은 백일주를 마시며 이날을 기념한다고 한다.

"태어난 지 100일이 된 것도 아닌데 무슨 술을 마시면서 놀아?"

"설마 축하하려고 그러겠어? 이젠 더 이상 공부를 미룰 수 없다는 의미겠지."

오늘 아침에는 올 3월만 해도 생각조차 하지 않았던 입학사정관 전형의 원서 접수를 모두 마쳤다. 그렇다고 일이 다 끝난 것은 아니다. 인터넷상의 양식에 적어 넣은 자기소개서의 내용을 증명할 증빙서류들을 각 대학 입학처로 발송해야 지원이 마무리되는 것이다.

나는 아침밥을 차리다 말고 E대학에 보낼 증빙서류를 챙겨 노란 갱지 봉투에 넣고 대학 주소가 적힌 용지를 출력하여 테이프로 단단히 봉했다. 출근하는 길에 발송하라며 남편에게 맡길 요량이었다. 아이와 머리를 맞대고 식사를 마친 남편이 현관을 나설 때 나는 봉투를 가지고 방에서 나왔다. 그런데 서두르는 바람에 그만 증빙서류를 바닥에 떨어뜨렸다. 그때 매사에 담담하고 웬만한 일에는 내색을 않던 아이가 농

담 같기도 하고 진담 같기도 한 말을 무심코 던졌다.

"어, 원서가 바닥에 붙었네. 하하하."

요즘 같은 때는 말도 가려서 해야 한다며 셋이서 한참을 웃었다. 어디 말뿐이겠는가? 꿈자리만 뒤숭숭해도 하루 종일 안절부절못한다. 분위기 있다고 좋아하던 비 오는 날도 합격을 기원하는 내게는 장마철 덜 마른 빨래처럼 꿉꿉하게만 느껴진다.

9월 17일

싹둑!

자기 손으로 직접 머리카락을 자른 이후로 아이의 표정이 180도 달라졌다. 누구나 채영이 얼굴을 보면 "표정이 참 밝아요"라고 했는데 그 밝고 환한 표정은 이제 찾아보기 힘들다. 사뿐히 날리는 벚꽃 같은 웃음을 매일매일 뿌려대던 아이가 확실히 변한 것 같다. 무표정한 채로 차가운 기운만 가득하더니 오늘 본 아이의 얼굴은 창백하기까지 하다. 아이와의 관계도 왠지 서먹하다. 요 며칠 채영이는 집에 돌아오면 곧장 자기 방으로 들어가버린다. 책상에만 앉아 있으니 웃어야 할지, 마음 상해 있는 걸 보면 울어야 할지 잘 모르겠다.

사건은 몇 주째 계속된 찜찜한 느낌에서 시작되었다. 채영이가 친구와 저녁을 먹겠다고 하는데 왠지 거짓말 같다는 느낌이 들었다. 게다가 항상 독서실에서 공부하던 아이가 친구와 학교에서 공부하겠다고 나갈 때도 느낌이 개운치 않았다. 밤 12시가 넘은 시간에 베란다로 나가 문을 닫고 누군가와 전화 통화를 할 때도 왠지 껄끄러웠다.
그놈의 느낌이란 것이 빗나가면 좋으련만, 표정 하나만 봐도 아이의 하루가 읽혔고 걸음걸이 하나만 봐도 무슨 일이 일어나고 있는지 대충 머릿속에 그려지곤 했다.

아이의 문자를 몰래 훔쳐보는 일이 치졸하다 느껴져 내키지 않았지만, 얼마 전부터 마음에 걸렸던 그 느낌들 때문에 결국 나는 채영이의 휴대폰을 열어보게 되었다. 주고받은 문자와 통화한 사람들의 이름을 살펴보면서 나는 퍼즐 맞추기처럼 채영이의 하루와 요즘의 일상을 하나하나 꿰맞추어갔다. 더불어 그간의 느낌도 그 조각들과 함께 맞아 들어갔다.

학교에 공부하러 간다고 한 날에는 영화관에 갔다는 걸 알게 되었고, 채영이를 마음에 두고 있는 남자아이가 있다는 것도 알게 되었다. 보관함에는 "심심한데 어디 놀 거리 없을까?", "어제 만난 남자애 때문에 괴로워", "대학이 인생의 전부냐!" 등 같은 반 친구가 보낸 시시콜콜한 문자들이 차곡차곡 쌓여 있었다.

휴대폰을 손에 든 채 나는 소파에서 잠든 아이를 향해 가라앉은 목소리로 말했다.

"너 당장 일어나. 아침에 어디 갔었어?"

아이는 누웠던 장대가 곧바로 세워지듯 벌떡 일어났다. 내 말투로 이미 사단이 난 것을 순간적으로 감지한 것 같다.

거짓말을 왜 했느냐고 물으니 엄마가 영화 보는 거 싫어해서 그랬다고 했다. 그리고 공부할 시간에 쓸데없이 문자나 주고받는 걸 보니 정신을 딴 데 두고 있다는 말에, 자기는 친구에게 답을 하지 않았기 때문에 잘못이 없다고 했다. 또한 자기는 남자 친구 사귀려는 마음조차 없는

데 엄마가 괜히 예민하게 본다고 했다.

일단 딸아이는 자신의 잘못을 줄이고 싶은 것 같았다. 아마 엄마의 기부터 꺾고 싶었을 것이다. 나도 평소 같았으면 '그럴 수도 있겠다'며 그냥 넘어갔을지도 모른다. 하지만 요즘 나는 노심초사의 단계를 넘어, 어디 한번 걸리기만 해보라는 심정이었다. 게다가 며칠 전 수시 원서 접수를 마감하면서 어쩌면 채영이가 자신이 원하는 대학에 갈 수 없을지도 모른다는 생각에 잠을 뒤척이고 있었다. 그래서 아이 얼굴을 볼 때마다 두 달도 채 남지 않은 수능시험일까지라도 열심히 공부해야 한다고 반복해서 말했다. 하지만 내 앞에서는 여문 콩같이 알겠다고 대답했지만 돌아서면 언제 그랬냐는 듯 채영이의 하루는 헐거웠다.

나는 무슨 원흉이라도 되는 듯 휴대폰을 아이에게 던졌다. 이미 엎질러진 물이었다. 그렇게 행동을 하고 나니 불이 붙은 것처럼 내 화는 걷잡을 수 없이 타올랐다. 마음에 앙금처럼 가라앉아 있던 것들이 한꺼번에 수면 위로 둥둥 떠올랐다. 뽀얗게 화장하고 등교했던 일, 유행에 따라 앞머리를 기르고 찍은 사진 때문에 여권 접수가 거부된 일…….

그 당시에는 충분히 그럴 수 있다고 여겼던 일들이 갑자기 모두 벌을 줘야 하는 일로 변하고 있었다.

원하는 대학에 못 가게 되는 이유가 다 이런 사소한 것들이 쌓여 발목을 잡았기 때문이라고 말하면서 나는 폭발했다. 매를 집어 들려고 찾았지만 오래전에 치워서 눈에 보이지 않자 결국 나는 식탁 위에 놓인 신문지로 아이의 머리를 때렸다. 그러다가 그간 눈엣가시처럼 여겨왔던, 그러나 채영이의 상징처럼 돼버린 허리까지 오는 긴 머리카락이 눈에 들어왔다. 나는 오래전부터 계획했던 일을 실행하듯 가위와 신문지를 던져주며 머리카락을 직접 자르라고 명령했다.

"네가 잘라야 한다고 생각하는 만큼 네 손으로 잘라. 지금 당장!"

잠시 후, 욕실에서 터져 나오는 채영이의 서러운 울음소리가 문밖까지 들렸다.

'이렇게 강압적으로 할 수밖에 없는 걸까?' 순간 후회가 밀려왔지만 한편으로는 단호히 끊어내지 못해 공부를 방해했던 모든 것들과 작별할 좋은 기회라는 생각이 들었다. 그런데 그 순간, 뭔가 해야 할 일이 뜬금없이 떠올랐다.

'사진을 찍을까?'

그러나 그런 생각도 잠시, 아이가 안에서 서럽게 울고 있는데 문을 열고 카메라를 들이댈 생각을 하니 도저히 그럴 수가 없었다. 아이가 힘들어하는 순간을 낚아채듯 셔터를 누를 수는 없었다.

채영이의 머리카락이 짧아진 지 일주일이 지나면서 어느새 낮의 길이도 그만큼 짧아졌다. 살갗에 닿는 바람이 제법 차가웠다. 오늘도 채영이가 방문을 닫고 들어간 지 네댓 시간이 지났다. 나도 내 방에 들어가 나만의 시간을 보냈다. 문밖에서 가끔 아이의 발소리가 들렸다. 냉장고 여닫는 소리, 화장실 물 내리는 소리, 그리고 다시 방문을 닫는 소리.

하루에 한 번은 보일러를 틀어야 할 정도로 집 안의 공기가 서늘했다. 나는 슬며시 채영이 방에 들어섰다. 오늘 저녁은 카레라이스라는 둥 아이가 묻지도 않는 말을 늘어놓다가 슬쩍 물어보았다.

"채영아, 지금 사진 찍어도 돼?"

"마음대로. 근데 만날 똑같은 것만 찍으면 뭐해. 책상에서 공부하는 거 또 찍어? 나 울면서 머리 자르는 걸 찍었어야지. 그런 날이 또 오겠어? 아깝네, 아까워."

9월 30일

나 같은 딸

아이를 학원에 데려다 주는 시간은 길어야 15분 정도이다. 채영이와 나는 그 짧은 시간에 많은 이야기를 주고받다가, 보통은 힘들겠지만 조금만 더 고생하라는 인사로 헤어진다. 하지만 가끔은 서로 입을 굳게 닫은 채 가는데, 그 10여 분의 시간이 너무 길게 느껴져 도중에 내려서 걸어가라고 하고 싶을 때도 있다. 아마 아이도 차 문이라도 열고 뛰어내리고 싶은 심정일 때도 있었을 것이다. 수학학원 끝나고 논술학원까지 가야 하는 가방의 무게만으로도 힘들어 죽을 지경에 엄마의 잔소리까지 더해지면 충분히 그런 마음이 들었을 것이다.

내일은 Y대 논술시험이 있는 날이다. 논술 대비를 하러 학원으로 가는 길에 아이가 뜬금없이 이렇게 말한다.

"엄마, 나 나중에 꼭 나 닮은 딸 낳을 것 같아. 이렇게 속 썩이는 딸 말이야."

10월 17일

가끔은 고마운 남편

"엄마, 나 S대 떨어졌나 봐."

"뭐? 내일모레가 발표데 네가 어떻게 알아?"

"문자 왔어. 입학사정관 전형 1차 발표 났으니 확인해보래."

나는 달궈진 프라이팬에 갈치를 올리려다 말고 가스 불을 끄고 컴퓨터로 달려갔다. 첫 발표였다.

"합격자 명단에 없습니다"라는 한 문장만 뜰 뿐 왜 떨어졌는지에 대한 설명은 없었다.

학교생활우수자 전형이었는데, 여기서 학교생활이란 내신점수를 가리키니 우수자는 내신성적이 좋다는 말이다. 학생부 75퍼센트에 서류 25퍼센트를 평가해 정원의 3배수를 뽑아 1차 발표를 하고, 그에 해당되면 면접을 본 뒤 점수를 매겨 최종 합격자가 되는 것이었다.

서운한 마음에 뼈가 다 시린 것 같았다. 채영이의 얼굴을 똑바로 보기조차 힘들었다. 실망한 기색이면 어떻게 하나, 힘이 빠져버리면 어떻게 하나, 그런 걱정을 하며 채영이를 힐끗 쳐다보았다. 가능성만 보고 내가 우겨서 원서를 넣자고 하는 바람에 아이 마음에 파장을 일으켰다고 생각하니 미안한 마음도 들었다. 아이와 마주 앉은 식탁 주변의 어색하고 허전한 기운이 찌개가 끓고 있는 가스레인지 주변에도, 퇴근 후 옷을 갈아입는 남편 옆에도 가 있는 듯했다. 갑자기 쌀쌀한 것 같아 나는 보일러 전원을 눌렀다.

"왜 엄마가 내 눈치를 봐? 나 입학사정관 전형은 기대 안 했어."
"너도? 그래, 우리 원서 넣을 때 별 기대하지 말자고 했지?"
나는 별거 아니라는 투로 말했다. 애써 웃으려 했지만 그것도 머쓱해져 저녁식사를 재촉했다. 그러곤 옷을 다 갈아입고도 식탁에 앉지 않는 남편에게 뭐하고 있냐며 괜히 투덜댔다. 식사를 하면서 더 이상 발표 이야기는 하고 싶지 않았지만, 화제를 다른 곳으로 돌리기엔 떨어졌다는 우울함이 나를 자석처럼 아래로 잡아끌었다. 어떤 상황에서도 부정적인 기색을 내보이지 않는 남편은 이번에도 긍정의 힘을 발휘했다. 어떤 때는 앞뒤를 따져봐도 뻔히 안 되는 일까지도 무조건 잘될 거라고 여기는 남편이 가끔 맹물 같다는 생각을 하곤 했지만 오늘은 그리 나쁘지 않았다.
"이번 주에 발표할 대학에는 합격할걸? 그것도 둘 다 될 거야."
대학의 비밀문서를 해킹이라도 한 듯 남들은 모르는 걸 자기만 안다는 투였다.
"어떻게 알아?"
나는 무슨 지푸라기 같은 근거라도 있어서 하는 말인지 궁금했다.
"대학에서 채영이 같은 인재를 안 뽑으면 자기네들 손해지, 뭐."

“뭐라고? 그게 이유야?”

기가 막혔다. 옆에 있던 채영이도 바람 빠진 풍선처럼 웃었다.

“아빠, 밥이나 드세요. 나 괜찮다니까 왜 그러세요?”

그래도 남편은 더욱 확신에 차서 말했다.

“정말이라니까. 뭐 내기할래? 두 군데 다 붙는다니까!”

나와 채영이는 의견이 동시에 일치할 때처럼 마주 보고 웃었다. 가끔 딸들과 엄마가 똘똘 뭉쳐 한편이 되어 아빠를 공격할 때처럼 채영이는 나에게 ‘아빠, 또 시작이다’라는 눈짓을 보냈고, 나는 채영이에게 ‘네 아빠 왜 또 저러니?’ 하는 표정을 지어 보였다. 외부에 적이 생기면 내부 구성원들이 뭉친다고 했나? 채영이와 나는 남편을 두고 우리 둘만 서로 통한다는 듯이 낄낄거리며 웃었다.

가끔, 아주 가끔 이런 남편이 고맙다.

10월 19일

대학이 뭔데

입학사정관제 발표가 또 코앞이다. 채영이가 지원한 곳 중 이미 두 군데는 불합격이다. 내일은 또 한 대학의 발표가 있다.

'대학(大學)이란 과연 무엇을 하는 곳일까?'

달력에 빼곡히 적어놓은 일정들을 살펴보다가 나는 혼잣말로 중얼거렸다.

'이런 질문을 누군가에게 던진다면 수능시험을 한 달도 안 남긴 시점에서 한심하다고 하겠지. 대학은 그냥 가야 하는 곳인데 물어보긴 왜 물어보냐고, 대학 때문에 골치 아파죽겠는데 책상머리에 앉아 웃기지도 않은 짓거리는 그만하라고 하겠지. 그럴 시간 있으면 애 먹을 거라도 한 가지 더 해 먹이고, 입시 정보라도 더 찾아보라고 하겠지?'

하지만 혹시라도 답답한 내 마음에 단비라도 내려줄 어떤 의미가 있지 않을까 궁금했다. 나는 검색창에 '대학'이라고 입력했다.

"고등교육을 베푸는 교육 기관. 국가와 인류 사회 발전에 필요한 학술 이론과 응용 방법을 교수하고 연구하며, 지도적 인격을 도야한다. 고등학교 졸업자 또는 이와 동등한 학력이 있다고 인정된 사람이 입학하며 수업 연한은 2년에서 4년까지이다."

혹시나 했더니 역시나였다. 나를 유혹할 만한 단어는 없었다. 아니, 고등교육을 베푼다는 말에서부터 억하심정이 생기고 말았다. '베풀긴 누가 베푼다고……. 아이들에게 무언가를 베푸는 존재는 유일하게 부모밖에 없을걸' 하며 쓴웃음이 절로 나왔다. 오히려 '고3 엄마의 고민'이나 '고3 건강관리' 또는 '수능 D-30 입시전략'이 나을 뻔했다.

나는 여기저기 입시 관련 사이트들을 넘나들다가 '대학이 인생의 전부인가요?'라는 검색어를 또다시 입력해보았다. 대학이 인생에서 중요한 비중을 차지한다는 의견도 있었고, 대학 졸업이 인생살이에서 그 어떤 것도 보장해주지 않는다는 의견도 있었다. 역시 물어보나 마나 한 짓이었다.

나와 아이는 오늘도 대학을 가기 위해 무언가를 해야만 했던 하루였고, 이런 검색을 하느니 멍하니 앉아서 어제 놓친 드라마나 보는 것이 더 나았을 하루였다.

10월 20일

기다리는 마음

아이에게 부담을 주고 싶지 않아 합격자 발표가 코앞이라 해도 나는 입을 굳게 다물고 지내고 있었다. 합격자 발표는 마음으로는 간절한 그 어떤 것이지만 가벼이 입에 올리기에는 너무도 힘겨운 것이었다.
어제도 우린 서로 내색을 하지 않았다. 다음 날 H대 1차 합격자 발표가 있다는 것을 가족 모두가 알고 있었지만 '합격자 발표'라는 단어를 입 밖으로 내지 않았다. 지나가는 말로 "혹시 1차에 된다고 해도 최종 합격으로 가려면 아직 갈 길이 남았으니 너무 좋아하지 말자"고 하거나 "수시전형에서 다 떨어져도 힘 빠지지 말고 정시까지 잘 준비하자"고 하며 아이에게 마음의 여유를 주려고 노력했다. 사실 이것은 내게 던지는 말이기도 했다.
내가 겪어보니 각 대학의 입학처는 합격자 발표를 언제나 하루 정도 일찍 한다. 수험생들에게는 원서접수 시간이나 제출할 서류 도착 시간을 칼로 베듯 정확히 자르면서, 학교 측에서 발표를 할 때는 선심 쓰듯 하루나 이틀 전에 인터넷에 올리곤 한다. 그것이 기다리는 사람 입장에서는 그리 반가운 일만은 아니었다. 똥 마려운 강아지처럼 컴퓨터 앞을 미리 들락거려야 하기 때문이다.

오늘 아침에도 나는 눈을 뜨자마자 컴퓨터 앞으로 달려갔다. 아무래도 미리 발표를 할 것 같았다. 컴퓨터 앞에 앉아 있는데 잠에서 깨 욕실로 들어가던 채영이가 물었다.
"엄마, 웬일이야?"
만날 자기 일어날 때나 되어서야 부스스 일어나는 엄마가 이미 잠이 깬 얼굴로 컴퓨터 앞에 앉아 있으니 이상하게 보였나 보다.
"응…… 급하게 확인할 메일이 있어서."
아이는 평소처럼 등교를 했다. 나는 설거지를 하다가도, 쓰레기를 버리고 와서도 바로 컴퓨터 앞으로 달려갔다.
어느덧 해가 지고 있었다. 이른 저녁을 먹은 채영이는 학원 갈 준비를 하며 학원에 데려다 달라고 했다. 과일과 한약을 가방에 넣으라고 하곤 잠깐만 기다리라고 하면서 다시 컴퓨터 앞으로 갔다. 하루 종일 인터넷에 접속은 되어 있는 상태였고, 검색창에 'H대학교 입학'을 쳤다. 곧바로 입학처 홈페이지가 떴다. 창이 열리고 낮에는 없었던 창이 하나 더 열렸다. '2012학년도 수시 1차 면접고사 대상자 발표'라는 팝업창이었다. 다시 클릭. 결과를 조회할 빈칸들이 보였다. 나는 재빨리 주민등록번호와 이름을 입력하고 확인을 클릭하려다 잠시 숨을 들이마셨다. 그때 문밖에서 채영이의 재촉하는 소리가 들렸다.
"좀 늦은 것 같아. 오늘은 늦으면 안 돼. 엄마, 뭐해?"
들이마신 숨을 내쉬며 나는 '확인'을 클릭했다.
합격이었다. 아니, 면접 대상자였다. 글자는 글자로 읽히지 않고 하나의 덩어리, 합격으로만 읽혔다. 그러는 데 0.1초도 안 걸린 것 같았다.

"축하합니다. 면접고사 대상자로 선발되었습니다. 아래와 같이 면접고사가 시행되오니 착오 없으시길 바랍니다."

'참 친절하기도 하지, 면접 보는 날 잊을까 봐서? 걱정도 팔자구나.'

나는 의자에서 엉덩이를 떼지도 않고 아이를 불렀다.

"채영아, 잠깐만 와봐. 보여줄 게 있어."

#달리기

키가 어른 허리쯤 닿을 때부터,

부모의 키를 훌쩍 넘어서도,

아이들은 계속 달린다.

계절을 알리는 바람의 냄새도,

한 발 옆으로 내딛어 맛볼 수 있는 잠깐의 여유도 누리지 못한 채

학교에서 학원으로 왕복달리기를 한다.

10월 24일

잠긴 문

컴퓨터 앞에 앉아 풀리지 않는 원고에 간신히 집중할 때면 나는 주변의 소리가 들리지 않는다. 그럴 때면 갑자기 식구 중 누군가가 내 방에 들어와 투덜거리다 나간다. “물었는데 왜 대답을 안 해?” 하며 무시당했다는 듯 삐친 내색을 한다. 나는 가끔씩 그럴 때가 있다고 말하지만 아이들은 내가 자주 그렇게 앉아 있다고 말한다. 소리를 못 들었으니 대답을 못하는 거 아니냐며 나는 매번 항의한다. 하지만 솔직히 가끔은 무슨 소린가를 듣긴 들었지만 대답하기 싫어서 안 하는 경우도 있다.

아이가 학교에서 돌아와 현관문 여는 소리가 들리면 멀리 있어도 “채영이 왔니?” 하며 묻고, 좀 늦게라도 자리에서 일어나 아이와 얼굴을 마주한다. 며칠에 한 번쯤은 “우리 안자” 하면서 서로 잠깐씩 껴안기도 한다. 아이를 안으면 밖에서 함께 묻어온 냄새가 난다. 여름이면 달콤한 냄새가, 겨울이면 장작 태운 냄새가. 나는 그 냄새가 좋다. 어린 시절 아버지의 옷에서도 났던 그 냄새가.

오늘은 기분이 우울해서 몸살 기운이 있는 건지, 몸이 안 좋아서 우울한 건지 알 수 없는 날이었다. 나는 하루 종일 커피 잔 수만 늘리고 있었다. 채영이가 학교에서 돌아왔는데도 내다보지도 않다가 간신히 일어나 간식을 챙겨주려 했지만, 내 기분이 아이에게도 전달되었는지 아이는 괜찮다며 자기 방으로 들어갔다.

으슬으슬 한기가 느껴져 나는 침대로 가 누웠다. 비가 오려는지 밖이 어두컴컴했다.

한 시간이나 잤을까. 전등을 켤 시간이 지난 집은 사람이 없는 것처럼 컴컴하고 조용했다. 아이의 방 쪽도 조용했다. '자나?' 하며 노크를 하고 아이 방문 고리를 돌렸다. 잠겨 있었다. 방문을 잠근 적이 한 번도 없는 아이였다. 나는 왜 문을 잠갔냐며, 문 좀 열라고 하면서 아이 이름을 불렀다. 그런데 아무런 대답이 없었다.

'나갔나?' 현관으로 가 신발을 확인했다. 좀 전 그대로였다. 다른 신발을 신고 나갔나 하고 휴대폰으로 전화를 걸었다. 받지 않았다. 나간 흔적은 어디에도 없었다. 잠이 깊이 들었나 보다 하며 다시 문을 두드리면서 아이 이름을 불렀다. 아무 소리도 나지 않았다. 조금 전보다 더 세게 두드렸다. 그러다가 문득 불길한 생각이 들기 시작했다. 나는 그때부터 문이 부서져라 두드렸다.

'혹시, 이상한 생각 한 거 아니야?' 하는 생각이 드는 순간, 눈앞이 아득해졌다. 열쇠를 찾으려고 주변의 서랍들을 모두 뒤집었다. 얼마나 시간이 흐른 것일까? 입에서는 "어떡해, 어떡해……"라는 말만 신음처럼 흘러나왔다.

주변에서 바람처럼 들려왔던 얘기. 아이들이 아파트 옥상에서 몸을 던졌다는 풍문은 언제나 가슴을 쓸어내리게 했다. 얼마 전에도 아이와 함께 그런 안타까운 일들에 대해 이야기한 적이 있다. 우리나라에서 1년에 300여 명의 아이들이 죽음을 선택한다고. 친구 문제가 첫 번째 원인이고, 그다음이 성적 비관이라며 한탄을 했다. 외고에서 전교 7등 하는 아이가 학원에 다녀온다고 나가 옥상으로 올라가서 목숨을 던지는 우리나라. 아이들은 과도한 스트레스를 이기지 못해, 또 이 사회가 주는 압박 때문에 어른들에게 예고도 하지 않고 부모가 알아차릴 틈도 주지 않고 간다.

나는 방 뒤로 돌아가 창문을 열고 들어가야겠다고 생각했다. 반은 정신이 나가 있었다. 우리 집은 6층이니 허공을 날아서 들어가지 않는 한 불가능한 일이었다. 나는 회사에 있는 남편에게 전화를 걸어 열쇠를 찾아내라며 "어떡해……"라는 말만 되풀이하다가 전화를 끊었다. 이제 남은 것은 문을 부숴야겠다는 생각뿐이었다. 나는 베란다에 있는 망치를 찾아 들고 방문 쪽으로 가면서 한 손으로는 계속 전화기 버튼을 눌렀다.
벨이 대여섯 번 울렸다. 그때 딸칵 하고 연결이 되면서 "여보세요"라는 목소리가 들렸다. 아이였다.

"너 어디야?"라고 다그치는 순간, 방문이 활짝 열렸다. 아이는 잠이 덜 깬 얼굴로 걸어 나왔다. 그러곤 나를 보더니 순간 멈칫했다.
"왜 망치를 들고 서 있어, 엄마?"
나는 서 있던 자리에 망치를 그대로 떨어뜨리고는 소파에 털썩 주저앉았다. 채영이는 도대체 영문을 알 수 없다는 표정이었다. 너무 피곤해서 자고 있었고, 3M 귀마개를 귀에 깊이 구겨 넣어서 아무 소리도 못 들었다고 했다. 문은 잠금 버튼이 눌려 있는 바람에 닫힐 때 자동으로 잠긴 것이었다.

시간이 흘러 조금 진정이 되자 나는 어떻게 소리쳐 불렀는데 아무 소리도 못 들을 수가 있느냐고 따졌다. 아이는 정말 아무 소리도 못 들었다고 했다. 하긴 무엇을 더 따질 수 있겠는가, 아이가 버젓이 내 앞에 있는데. 나는 대단한 귀마개라며 순식간에 귀머거리로 만들어놓는 3M 제품이 세상에 둘도 없이 훌륭하다는 말도 안 되는 소리만 중얼거리다 말았다. 그렇게 한바탕 난리를 치르고 나니 온몸이 쑤신 듯 아파오기 시작했다. 정말 죽을 것만 같았다.

10월 28일

입시 한가운데

대학 입시 치르는 일은 "수능시험 보고, 대학에 지원하고, 합격자 발표를 기다리는 것"이라고 짧게 설명하기에는 너무도 긴 여정이다. 또 아이가 공부만 잘하면 된다고 단숨에 설명하기에는 수학 문제보다 복잡한, 해결해야 할 문제들이 이리저리 얽혀 있다.

우리 집은 요즘 입시의 한가운데 둥둥 떠 있는 섬이다.

어스름한 저녁, 채영이의 방에 오랫동안 정적이 흘렀다. 살짝 열린 문틈 사이로 불빛만 새어 나오고 있다. 채영이는 몇 시간째 똑같은 자세로 책상에 앉아 있다.

"엄마, 걔 Y대학교 글로벌리더에 합격했대. 수능 면제인가 봐."

"누가?"

"나랑 같이 논술하는 애야……. 조.오.옷.케.따.아."

채영이는 요 며칠 몇몇 아이들의 합격 소식을 전하면서도 조바심을 내거나 걱정을 하지는 않는 기색이었다. 그런데 오늘은 표정이 영 아니었다. 채영이도 Y대학의 발표를 기다리고 있었다. 같은 대학을 목표로 한 반에서 똑같은 논제로 논술을 쓰던 친구가 덜컥 합격했다는 소

식에 온몸의 힘이 다 빠진 것 같았다.

"학원 벽에 합격 수기 붙겠다. 점수 줄 때 짜기로 유명한 우리 논술 선생님이 나한테 평가 'good' 주면, 걔가 나한테 와서 어떻게 하면 그렇게 잘 쓸 수 있냐고 물어보고 그랬는데."

"논술 전형이 아니었나 보네."

"논술도 준비하긴 했는데, 아마 내신하고 토플이나 텝스 점수로 갔을걸? 열심히 하는 아이야. 중학교 때 외고 입시 떨어지고 나서 중3 겨울방학에 도서관에서 하루 열 시간씩 공부했대. 내신이랑 모의고사 점수 짱 좋고, 엄청 어려웠던 3월하고 6월 모의고사에서 수학은 다 맞았어. 외국어는 언제나 다 맞고. 언어가 조금 떨어지긴 하지만……."

"부러워?"

"나는 어쩌지? 어디 가야 돼? 걔 오늘 저녁에 가족들이랑 외식하겠다."

'외식? 그게 뭐 대수라고.'

채영이가 부러워하는 것이 상상만 해도 즐거울 합격이 주는 풍경이라는 것은 묻지 않아도 알 수 있다.

"아빠한테는 말하지 마."

"뭐 어때서?"

"아빠는 속으로 엄청 부러워하면서 '너도 잘될 거야' 할걸? 나 그 소리 듣기 싫어. 근거도 없이 만날 그러잖아."

"그래 알았어."

"하긴 얘는 여자 친구도 안 사귀고 여름에는 '반삭(발)'도 했어. 외모에 신경도 안 쓰고. 3년 동안 노력했으니 갈 만한 애지. 근데 나중에 나도 자식 낳으면 외국에 보내야지. 똑같이 공부하는데 외국 살다 와서 붙네."

채영이가 엄청 부러워하는 그 아이는 부모와 함께 외국에서 6년간 살다가 돌아왔다.

"특례입학도 그렇고 얘같이 외국어 능력을 평가하는 전형에서는 외국물 못 먹은 애들은 아무리 노력해도 합격 불가능해. 부모 따라 외국에서 몇 년 지내다 온 애들은 영어공부를 따로 하지 않아도 영어 정말 잘하거든. 목동에 이런 애들 깔렸어. 왜 그렇게 많은지 정말 모를 일이야. 걔네들 대학 편하게 가! 수능도 안 봐! 정말……."

채영이는 자신의 처지를 한탄했다. 세상이 불공평하다는 말이기도 했다. 나는 인생에서 자신이 선택하지 못하는 상황도 있다고 말해야 할지, 다른 부모들처럼 외국에서 살 기회를 마련해주지 못해 미안하다고 해야 할지, 그 어떤 말도 할 수가 없었다. 아이가 초등학생일 때 3주간 어학연수를 보내준 적이 있는데, 그런 미약하고 무모했던 일로 생색을 낼 수도 없는 노릇이었다.

10월 29일

수능이 다가올수록

"요새 죽고 싶다는 아이들 되게 많아. 사람들은 수능이 며칠 안 남아서 학교에서 공부 열심히 하고 있는 줄 알지만, 사실 교실 분위기는 거의 엉망이야."

"주변에서 슬슬 대학 합격 발표 나고 그래서 뒤숭숭한가? 너도 그렇구나?"

"나도 열심히 하려고는 하지. 근데 힘내서 열심히 하던 아이들도 엎드려서 잠만 잔다니까. 사람들은 고3 아이들이 이맘때 긴장이 극에 달할 거라고 생각하지만 사실은 많이 달라."

"어떤 건데?"

"시간상으로는 수능일에 가까워지는데, 심리적으로는 점점 더 멀어져. 막판 피치를 올려 성적을 끌어올려야 한다는 것은 알고 있지만 시간이 부족하지. 그렇다고 손을 놓고 있을 수는 없는 상황이야."

"그런 때일수록 투자한 시간만큼 효과가 있을 것 같은데?"

"엄마 말이 도움이 되긴 해. 그런데 선생님들도 이제 다 끝난 것처럼 이야기해. 매일 체력 관리 잘하라고만 하지. 아이들 입장에서는 뭐라도 해놓은 게 있어야 체력 관리를 하든지 말든지 하지. 쥐뿔 뭐가 있어야지."

"이미 글렀다는 얘기니?"

"3월부터 9월까지 자기가 지낸 시간을 돌아보면서 이미 자신을 평가하고 낙인찍어버리는 거야. 누구보다 본인이 제일 잘 알잖아. 지금부터 한다고 해서 될 일이 아니라고 생각하면서 이제는 될 대로 되라는 심정으로 엎드려 자는 거야. 사실 수능이 인생의 끝은 아닌데, 지금 우리 상황에선 끝이잖아. 난 정말 이게 끝은 아니라고 생각해. 그렇지만 이 시점에선 패배자 같은 기분이 들고 인생을 허비한 느낌마저 들어."

"다들 마무리라고 말하니 이젠 더 이상 할 수 있는 게 없다고 생각할 만도 하겠다."

"거기다가 또 진짜 모를 일들이 많아. 대학 가는 거 말이야, 어떤 아이는 뿌린 대로 거두는 것 같지만 그렇지 않은 경우도 많아. 열심히 하는데 안 되는 경우도 있는 것 같아."

이제 아이들은 자신의 19년 인생 성적표가 세상 앞에 드러날 것을 두려워하고 있나 보다. 책상에 앉아 '수능 파이널', '30일 완성 수능 마무리' 같은 문제집을 펼치고는 있지만, 마무리하기에는 자신이 지낸 시간들이 속 빈 강정 같은가 보다. '1년 동안 다시 해볼까?'와 '이미 늦었어' 사이에서 뒤로 물러설 수도, 앞으로 나아갈 수도 없는 힘든 시간을 보내고 있는 것이다.

11월 1일

합격의 갈림길에서

"대학이 사람 잡아! 원서 넣은 대학 다 떨어지면 진짜 죽고 싶을 것 같아. 이런 상황에서 죽는 애가 안 나올 수 있겠어?"

학교에서 돌아온 아이가 밑도 끝도 없이 중얼거렸다.

오늘 채영이네 반에서 G대학교 적성검사 전형에 응시한 두 명 중 한 명만 합격을 했단다. 한 무리의 아이들은 합격을 축하했고, 몇 명은 고배를 마신 친구를 위로했다고 한다. 또 일찌감치 합격한 친구를 질투 어린 눈으로 바라보는 아이들도 있었단다.

"애들이 왜 그렇게 잠만 자는지 알겠어. 학기 초와는 다른 긴장감 때문에 그래. 지쳐서 그런 게 아니라 이제 막판으로 가니까 모두 어디론가 도망가고 싶나 봐. 잠이 유일한 도피처야. 졸리지도 않고 굳이 엎드려 있지 않아도 되는데 그러고 있거든."

요즘 채영이에게 수능시험일까지 열흘 정도 남았으니 젖 먹던 힘까지 다하라고 아침마다 잔소리를 한다. 어쩌면 이 시기에 열심히 하면 어떤 영역에서든 등급 하나를 올릴 수 있을 거라고 근거 없는 희망을 던져주면서. 그리고 오늘, 채영이는 친구들의 살고 죽는 이야기, 돈 없어서 학원 못 간다는 이야기, 바로 옆의 친구가 합격해서 운전면허시

험을 준비한다는 이야기 등을 현장의 리포터처럼 요즘 심정을 섞어 쏟아내고 있었다. 나는 어느 순간에는 공감하고, 그다음 순간에는 화가 나다가, 나 또한 욕심을 내려놓아야겠다고 다짐하면서도 말은 이렇게 했다.

"이제 수능 딱 열흘 남았어. 눈 가리고 귀 막고 하나라도 더 해."

불난 건물에서 옆에서 누가 죽든 살든 상관하지 말고 어떻게든 자기만이라도 전력을 다해 뛰쳐나오라는 격이었다.

"엄마, 지금 며느리 눈 가리고 3년, 귀 막고 3년, 입 막고 3년 말하는 거야? 근데 눈을 가리고 어떻게 책을 봐. 하하하."

그저 막막한 현실을 한탄하며 우울한 대화로 끝이 날 순간에 농담을 던지는 채영이를 보니 마음이 놓였다. 어떤 상황에서도 여유를 부릴 줄 아는 아이의 성격이 오늘따라 더 예뻐 보였다. 덩달아 긴장하던 내 마음도 조금 느슨해지고 있었다.

11월 2일

초콜릿으로 태어날걸

"엄마, 나 대학 다 떨어지면 어디 가지?"
어떤 대답을 해줘야 할지 머릿속을 헤집어봤지만 딱히 할 말이 없었다. 채영이도 꼭 대답을 들으려고 했던 건 아니라는 표정을 지으며 일인극을 하는 연극배우처럼 혼자 묻고 혼자 답하기 시작했다.
"동물로 태어나면 좋았을걸. 벌 같은 곤충으로."
"하긴 벌도 여왕벌의 사랑을 받아야 하고, 옆에 있는 벌이 나보다 꿀을 훨씬 잘 나르면 스트레스 받겠지?"
"아니다, 초콜릿으로 태어나면 좋았을걸."
언니가 수능 응원한다고 보내준 초콜릿을 입에 쏙 넣으며 말했다.
"근데 한입에 먹히면 끝장이네. 아! 이건 소화되면 끝인 인생 아닌가. 맛없으면 선택도 못 받고."
"우와! 이미 합격한 선미는 좋겠다. 가족들이랑 어디로 여행 갈까 뭐 그런 생각하고 있겠다."
"아이, 몰라. 뭐로 태어나도 좆같을 것 같아."

11월 3일

무서운 세상

"인생이 뭘까, 엄마. 어떤 외고에서 있었던 일이야. 어떤 아이가 공부는 엄청 잘했는데 외모가 좀 그랬나 봐. Y대하고 K대는 이미 합격하고 S대 합격을 기다리던 중이었대. 그러다가 양악수술을 받았는데 문제가 생겨서 죽었대. 의료사고였다지, 아마."

'대학 입시에서 벌써 두 군데나, 그것도 남들이 부러워하는 대학에 골고루 합격했으니 얼마나 행복했을까? 아마 오래전부터 대학에 합격하기만 하면 성형수술을 할 거라며 기대하고 들떠 있었을 거야. 그리고 입학 전에 행복한 마음으로 성형수술을 했겠지.'

"그런데 이 소식을 들은 같은 학교 후배들이 뭐라고 했는지 알아?"

"아깝다고 했거나 슬프다고 했겠지, 뭐."

"아니야. 그 언니 덕분에 Y대하고 K대에 떨어질 애 한 명 붙었겠다고 하면서 합격했을 그 누군가가 정말 부럽다고 그랬대."

"……."

"우리 반에 친구 한 명이 있는데…… 걔가 수능 모의고사 2, 3등급 정도 나오거든. 그런데 얼마 전 전국에서 1등급 받는 애들 다 죽었으면 좋겠다고 하더라고. 아, 무서운 세상이야."

영어학원
영어학원
2649-0538
세상을 향한 소통 공간
T.2643-2033
열린 논술·언어 학원
박왕수능영어
6326-8808
초중고논술
독서·토론·첨삭
언어·내신국어
영문법
내신영어
6326
8808
형성한자
상담전화: 6091-0011 2층
월촌
양정
신목
선행 / 내신
영·수
국·과·사
2642--8677
ITALY
Coffee
Beer
KIA
32너 9536
56우 8062

11월 4일

엄마만 아는 마음

오늘 학교에 들렀다가 기운 없이 학교 회의실로 들어서는 아이들과 우연히 마주쳤다. 학교폭력자치위원회에 참석하려는 학생들이었다. 남의 일 같지가 않았다. 나도 작년에 그 회의실에 앉아 있었으니 말이다.

"경찰서로 좀 나와주셔야겠습니다. 조서를 쓰는 데 참고인으로 참석해주십시오."
내 귀를 의심했다. 채영이가 집단 학교폭력에 연루되어 있다는 것이었다.
"모르셨습니까? 벌써 사건이 일어난 지 한 달이 넘었는데요."
여름이 한창일 무렵이었다. 학교폭력 신고를 받은 경찰은 사건을 조사 중이었지만 학교에서도 아이에게서도 나는 아무런 얘기도 듣지 못한 상태였다. 사건의 시작도 과정도 알지 못한 채 학교로 달려갔다. 그제야 한 아이에게 30명이 넘는 아이들이 폭력을 행사했다는 내용을 들었다. 피해를 당한 아이의 학부모가 학교 측에 가해한 아이들을 지도해주기를 요구했으나 학교의 미흡한 대책으로 일이 커진 것이었다. 억울하고 화가 난 피해 학생의 부모는 그길로 경찰서에 가 30여 명의 아이들을 모두 가해자로 고소해버렸다. 그래서 아이들이 차례로 경찰서에서 조서를 꾸미고 있던 것이었다. 직접 폭력을 가한 아이부터 길을 지나가다가 기웃거린 아이들까지 현장에 있던 아이들은 모두 가해자가 되었다. 행위에 따라 경중도 가지가지였다. 내 아이도 그 가운데 어디쯤 있었다.

채영이는 단지 그 아이가 자신을 헐뜯고 다닌다는 말을 듣고 몇 마디 말로 따져 물었을 뿐이라고 했다. 이렇게 심각한 상황이 될 거라고는 꿈에도 생각지 못했다고 한다. 직접 폭력을 가하지 않았기 때문에 그저 친구들 사이의 말다툼 정도로 여겼단다. 그러나 학교 밖에서 여러 명의 아이들이 모여 한 아이에게 위협과 공포 분위기를 만들었다는 것은 폭력으로 규정하기에 충분했다.

나는 학교폭력으로 피해를 당하는 일이 단지 한두 대의 매를 맞고 돈을 뺏기는 일이 아니라 한 아이의 인생 전체를 뒤흔들어놓을 수 있다는 것을 너무도 잘 알고 있었다. 사소한 행동도 타인에게 영향을 줄 수 있으며, 작은 행동 하나에도 책임이 따르는 일 아닌가! 한편으로는 내 아이가 운이 없어서 이런 일에 휘말렸다는 생각이 들기도 했지만 그도 잠시, 일의 발단을 알고 나니 내 아이의 행동에도 문제가 있었다는 결론에 이르게 되었다.

그러나 아이 행동의 잘잘못을 따지기 전에 학교와 선생님들에게 화가 나기 시작했다. 한 가지도 제대로 처리한 것이 없었기 때문이다. 아니, 가장 큰 전제를 잃어버린 학교에 분노했다. 가해 학생도 피해 학생도

2 - 7

모두 학교가, 그리고 선생님들이 껴안아야 하는 아이들이란 것을 말이다. 그것을 잃어버린 학교는 경찰서로 아이들을 보내버리는 일 외에는 그 어떤 해결도 할 수 없었던 것이다.

나는 해결 방법을 강구하기 시작했다. 엄마들을 모으고, 상황에 대한 이해조차 없는 부모들에게 내용을 설명하면서 최선의 방법을 찾기 시작했다. 잘못이 있으면 사과와 용서를 구하고, 그런 다음 서로 안아주고 위로하는 것이 원칙이라 믿었다. 그사이 나는 텔레비전에서나 볼 수 있는 것이라 여겼던 경찰서에 가야만 했고, 아이 옆에 앉아 눈이 부르트도록 울었다. 내 아이를 전적으로 두둔할 생각은 없었지만 아이가 그곳에서 눈물을 흘리자 나도 어쩔 수가 없었다.

그렇게 한 달여가 흘렀다. 정해진 날 30여 명의 학생들과 엄마들이 한자리에 모이게 되었다. 물론 피해를 당한 아이와 아이의 엄마도 함께였다. 긴 이야기들이 오갔고 아이들은 진심으로 용서를 구했으며 또 용서를 했다. 그리고 서로를 안고 토닥여주었다.

하지만 모두를 경찰에 고소했으나 결국은 고소를 거둬들인 한 엄마의 뒷모습은 무겁고 쓸쓸해 보였다. 모든 것이 마무리되었다고는 하지만 아이 마음에 남아 있는 상처를 함께 나눌 사람은 이제 그 아이의 엄마뿐이라는 생각이 들어서였다.

11월 5일

할머니의 초콜릿

"별일 없니?"

"응. 뭐 별일이 있겠어요?"

우리 엄마, 그러니까 애들 외할머니의 전화였다. 사실 별일이라면 별일들이 참 많은 나날이다. 수능을 일주일도 남기지 않은 요즘, 그간 응시한 수시전형의 합격자 발표가 속속 나고 있으니 말이다.

"채영인 잘 있냐? 시험 앞둔 집이라서 그런지 전화하기도 좀 그렇다."

"수험생 있는 집은 사람 사는 집이 아니래요? 유난스럽게 굴면 될 일도 안 돼요."

나는 괜히 엄마에게 심통을 부렸다.

아예 예전처럼 수능점수 하나만 가지고 대학에 가는 것이 더 나았던 것 같다. 지금의 입시에서 수능시험은 입학하는 데 하나의 필요조건일 뿐이다. 수능만 잘 본다고 해서 대학에 입학하기가 쉬운 일이 아니다. 물론 정시전형에서는 수능점수가 절대적이다. 그러나 합격생의 60퍼센트 이상을 차지하는 수시전형은 갖춰야 할 조건이 여러 가지다.

채영이도 수시 가운데 몇 가지 전형에 응시하여 이미 시험을 치르고

있다. 8월부터 시작된 일정들. 벌써 서너 달 전부터다. 아이는 공부하랴, 원서 넣은 뒤 합격과 불합격을 오가랴 심란한 시간을 보내고 있다. 입시 준비와 입시 결과를 동시에 안고 지내서인지 고달프다는 소리를 절로 하곤 한다. 마음을 다잡고 공부하다가도 어느 친구가 모 대학에 붙었다는 소식을 들어야 했고, 유난히 공부가 잘 안 되던 날 자신의 불합격 소식을 들어야 했다.

8월에는 입학사정관 전형을 준비하느라 자기소개서와 증빙서류를 만들었고, 수시 1차에 원서를 접수하여 두세 군데 논술시험을 치렀다. 그리고 수능을 보고 나서 이틀 후부터는 또 논술시험을 봐야 한다. 그 다음 수능점수가 기준 점수에 도달한다면 말일쯤에는 입학사정관 전형의 면접시험에 응시해야 한다. 짧게는 12월 중순까지, 길게는 2월까지 가야 하는 일정이다.

각 대학교는 저마다 좋은(?) 학생들을 뽑기 위해 이중 삼중의 안전장치를 두어 학생을 평가하고 있다. 예전처럼 운이 좋아 합격했다는 말은 이제 거의 들을 수 없다. 거슬러 가보니 아이가 고등학교에 입학한 뒤 1학년을 대상으로 한 입시설명회에서 들었던 말이 기억난다.

"지금부터 전략을 잘 짜서 공부시키세요."

대학에 잘 가려면 수능, 내신, 논술, 이 세 마리 토끼를 모두 잡을 수 있어야 하지만, 아이가 잘하는 한 가지에 더욱 집중하라고 했다. 하지만 그 말은 세 가지 중 한 가지에 좀 더 집중하라는 말이지, 나머지 두 가지를 놓으라는 말은 절대 아니었다. 두루두루 잘해야 대학으로 가는 문이 넓어지는 것이었다.

느지막한 오후에 엄마가 오셨다.
"할머니, 나 또 떨어졌어."
"아직도 멀었는데 하나 떨어진 것 갖고 뭘 그래."
"그치? 근데 엄만 드러누울 지경인 것 같아. 온종일 누워 있더라."
엄마는 채영이에게 옛날 네 엄마 시험 볼 때는 엄청 추웠는데 요즘은 날이 따듯해서 다행이라며 비닐봉지에서 작은 상자를 꺼냈다.
"채영아, 할머니가 생전 처음으로 샀다. 더 큰 걸로 사고 싶었는데 그 빵집에서는 이게 제일 큰 거라더라. 수제 초콜릿이라던데?"
"우와, 이거 맛있는 건데. 할머니 짱이다. 근데 엄마 친구들은 왜 이런 거 안 주지?"
"다른 애들은 엄마 친구들이 이런 거 사주고 그런다니?"
"응. 내 친구들은 엄마 친구들이 뭐 사줬다고 자랑하던데? 우리 엄마는 인간관계가 안 좋은가 봐. (웃음) 근데 나 많이 받았어. 담임선생님이 치킨하고 피자 사줬지, 큰엄마가 떡 보내줬지, 언어 학원 선생님은 절대 떨어지지 말라고 '불낙죽' 사주셨어."
"그래, 엄마 성격이 안 좋아서 그런가 보다. 네가 이해해라."
수능 찹쌀떡과 초콜릿 선물 개수가 늘어나는 만큼 채영이가 수능을 잘 치르게 되면 얼마나 좋을까. 그래도 내일은 친구들에게 전화라도 한번 돌려야겠다. 왜 우리 딸한테 초콜릿 안 주느냐고 딴지라도 걸어야지.

11월 7일

D-3 편지

채영아.

어느새 수능시험이 3일 뒤로 다가왔구나.

학교에서 돌아오면 잠깐씩 낮잠을 자던 네가 수능일을 대비해 졸음을 참으며 책상에 앉아 있더구나. 매일 새벽 2시가 넘어서야 자던 네가 수능을 앞두고 보름 전부터 11시에 잠자리에 드는 걸 보고 마음이 짠했단다. 수능일에 몸 상태를 최상으로 만들기 위해 너 스스로 생활을 조절하는 모습을 보면서 엄마도 시험일이 다가오는 것을 실감했단다.
네가 공부에 느슨해질 때마다 엄마가 그랬지. "절대 재수는 안 돼", "넌 열심히 하면 잘할 수 있는 아이인데 왜 그러니?", "시험 끝나고 나서 후회할 일은 만들지 마라"라며 협박과 격려를 번갈아 늘어놓곤 했지. 그럴 때마다 엄마는 집중할 수 있도록 네 마음을 움직이는 데 전혀 도움이 되지 못한다는 사실에 좌절하기도 했고, 동기 부여를 해주지 못하고 있는 것 같아 자책하기도 했단다. 9월, 10월 모의고사를 보는 날에는 현관 앞에서 "오늘이 수능일이라 생각하고 시험 잘 봐"라며 수능일 대비랍시고 또 한마디를 덧붙였지.

그날은 세상 사람들 모두가 숨죽이는 날이 되겠구나.

다른 나라 사람들은 우리나라에서 수능일에 벌어지는 진풍경들을 신기한 눈으로 쳐다본다고 하더라. 수험장 인근 공사장에 소음 내지 말라고 하고, 듣기평가 시간에 비행기도 뜨지 못하게 하고, 일터에 나가는 사람들도 출근 시간을 늦추는 걸 말이야. 그리고 시험장마다 후배들이 전날 밤 혹은 이른 새벽부터 나와 선배를 응원하는 모습도. 이런 나라는 전 세계에서 대한민국 하나뿐이라며 취재를 나오기도 한다더라. 아마도 기자는 첫마디를 "코리아에서는 매년 11월 둘째 주 대학수능일이 되면 모든 국민의 이목이 집중된다" 정도로 시작하겠지?

세상이 온통 고3 아이들만을 위해 존재하는 날인 것처럼 난리를 떨지만, 너희들은 홀로 전쟁터에 나가는 기분이겠구나. 그러면서 마치 축제의 주인공인 양 너희들을 주목하지. 우리나라에서 태어난 아이들은 19년 뒤 그날, 한자리에서 만나기로 예정되어 있었단다. 교육의 힘이 국가경쟁력의 기초가 된다고 강조하는 우리나라에서 너와 친구들은 국가를 위해, 아니 이 나라에서 살아남기 위해 아장아장 걸음을 옮길 때부터 준비를 시작한 것이지.

채영아. 엄마는 마음을 표현하기 힘들 때가 있다. 지금이 그런 것 같아. 그래도 그동안 고생 많았다고 말하고 싶구나. '그래도'라는 단어를 쓴 이유는 네가 달렸던 길, 엄마가 네게 제시하고 교육한 것들이 과연 옳았는지 때때로 의문을 던졌기 때문이야. 의문을 던지면서도 대다수가 그렇게 하듯 대학 진학을 위한 입시 준비로 널 몰아넣은 셈이지. 더군다나 네가 원하는 미대 입시를 지지해주기는커녕, 수능과 논술을 준비해 대학에 진학할 것을 종용하기도 했지. 네가 그 문제로 고민할 때 시간을 미루었던 것도 엄마였다. 오래 걸리더라도 스스로에게 질문하고 답할 수 있는 기회를 주어야 한다고 생각했지만 그건 언제나 생각뿐이었어.
자신의 삶은 자신이 선택해야 한다고 엄마는 믿고 있다. 자신이 무엇을 꿈꾸는지, 꿈을 실현하기 위해 어떤 길을 선택해야 하는지는 각자의 몫이라고 생각한다. 부모는 단지 아이가 그 과정을 무사히 건널 수 있도록 도울 뿐이지.

모두가 공감하는 삶의 목표라 해도 그것이 꼭 네 삶의 지표가 될 필요는 없다고 생각한다. 우리 사회에서 말하는 '성공적인 삶'이 과연 가치 있는 삶일까? 남들보다 높이 오르기 위해 치열하게 달려 그 자리에 오른다 해도, 또다시 올라야 할 곳을 향해 달려야 하는 세상이다.
대학에 진학한다 해도 끝없는 경쟁과 불안한 미래에 대한 고민으로 고등학생들보다 더한 스트레스에 처하게 되는 상황들과 만나게 된단다. 상대적인 학점 평가, 스펙 쌓기, 등록금, 아르바이트…….
'물질적 풍요와 타인들 위에 올라서는 것이 과연 우리가 원하는 삶, 가치 있는 삶일까? 과연 행복한 인생일까?'

엄마는 이런 질문에 아직도 답을 내리기가 힘들다. 어쩌면 엄마도 이 고민의 한가운데 있기 때문인 것 같다. 최근 우리 집에서 일어난 일들만 해도 우리 삶의 가치를 다시 한 번 생각하게 해준다. 가족들의 생계를 위해 최선을 다해 살아온 네 아빠도 어느 것 하나 보장되지 않은 미래를 보며 위기감을 느끼고 있지. 이제 치열했던 삶을 되돌아보면서 다시 삶의 목표를 세워야 할 때라고 생각한다.

엄마는 네가 수능시험과 함께 앞으로 다가올 입시의 관문들을 인생을 살아가는 하나의 과정으로 여겼으면 해. 이 말은 사실 나 자신에게 하고 싶은 말이기도 하다. 엄마는 네게 답을 줄 수 있는 사람이 아닐뿐더러 앞으로는 더더욱 그럴 것 같다. 너와 언니는 앞으로 자신들의 삶에 무게를 더해갈 것이고, 엄마는 그만큼 젊어지고 갈 짐이 줄어들겠지.

채영아, 고맙다. 시험을 앞두고 호들갑 떨지 않고, 심한 스트레스 받지 않고, 많이 걱정하지 않아주어서. 수능일도 오늘처럼 자연스럽게 흘러갈 거야. 네가 가진 것들을 충분히 풀어낼 수 있는 날이 되길 바랄게. 그리고 올 한 해 네가 받을 행운의 몫이 있다면, 수능일에 너에게 깃들길 기원할게. 내 몫까지도 부디 너에게 깃들기를.

2011년 11월 7일

엄마가

11월 8일

D-2 서운하네

"마미, 10시까지 오세용^^"

"알았당 :)"

마침 남편이 집에 없었다. 집에 있었다면 언제나처럼 남편 몫이겠지만 오늘은 내가 아이를 데리러 가야 한다. 나는 9시 45분에 자동차 열쇠를 들고 현관을 나섰다. 엘리베이터가 올라오다가 6층에 멈춰 섰다. 남편이었다.

"어디 가?"

"채영이 끝났대."

"내가 갈게."

남편은 엘리베이터에서 한 발을 앞으로 내디디려다가 다시 엘리베이터에 올랐다.

가는 데 15분, 오는 데 15분. 30분쯤 지나자 아이와 남편이 들어온다. 오는 길에 치킨을 시켜서 먹자고 했는지 채영이는 들어서자마자 치킨집 전화번호를 찾았다.

"오늘은 안 돼. 일찍 자야 하니까 과일 몇 쪽 먹고 그냥 자."

거의 매일 새벽 2시쯤 잠자리에 들던 아이가 수능을 보름 정도 앞두고부터는 11시면 잠자리에 들었다. 수능일을 대비하기 위해서다.

"그러네. 오늘은 그냥 잘래."

아이의 잠자리를 봐주고 남편에게 텔레비전은 아예 켤 생각도 하지 말라며 식탁에 앉았다. 다들 야행성으로 지내다 채영이가 일찍 잠자리에 드니 어릴 때 유치원에서 캠프를 간 날처럼 한가롭기만 하다.

남편은 막걸리 한 병을 냉장고에서 꺼내다 식탁에 앉으며 말했다.

"이제 학원 데려다 주는 일도 끝이네."

"그렇지. 왜 서운해?"

"서운하다기보다 기분이 묘하네. 중학생 시절 수학학원 다닐 때부터니 6년인데……."

별로 멀지 않은 거리였지만 한 번에 가는 버스가 없어서 갈아타는 번거로움을 덜어주려고 으레 데려다 주고 데려왔다.

"그동안 수고했어요."

나는 남편이 진심으로 고마웠다.

"채영이랑 차로 오가며 얘기 참 많이 했는데."

남편은 아이를 데리러 가는 일에 한 번도 얼굴을 찡그린 적이 없었다. 가끔 자식들이 자기 인생의 전부라는 표정을 짓는 남편을 보면 불편하기도 했지만, 때로는 마음이 짠하기도 하다. 한 치 앞의 미래도 보장되지 않는 현실을 살아가면서도 어려움을 내색하지 않고 먹고사는 일을 책임지는 남편과 광주리를 머리에 인 초로의 아낙이 겹쳐지곤 했다.

> 아빠와 대화를 할 때마다 나는 긍정적인 기운을 많이 얻는다. 오늘도 마찬가지였다.
> "이제 이렇게 채영이 배달하는 것도 끝이네."
> "나 재수하면 어떡해?"
> "그럴 일은 없을 거야, 채영아."
>
> — 채영

11월 9일

D-1 타는 목

까마득한 옛날에 내가 교생실습을 했던 Y여고가 채영이의 수능시험장이라는 문자가 왔다. 내가 잠시 머물던 곳이 아이의 시험장이라는 우연일 뿐 아무런 연관성도 없는데, 나는 어떤 좋은 징조라도 되는 듯 안심이 되었다. 요사이 꿈도 어떤 징조처럼 무언가를 알려주는 것 같았고, 그릇이 깨지기라도 하면 나쁜 징조인 것 같아 불안하곤 했다. 나에게는 요 며칠, 일상의 작은 것 하나도 상징이고, 신호였다.

학교를 뒤로하고 현관에 들어선 아이는 약간 상기된 얼굴로 내게 말했다.

"있잖아, 장행식이라고 알아? 후배들이 우리가 교실에서 나오는데 모두 밖으로 나와서 박수 쳐주는 거. 1, 2학년 후배들이 모두 나와서 3학년 교실부터 계단, 정문까지 길게 줄지어 서서 우리들이 지나갈 때 큰 소리로 수능 대박 나라고 응원하며 박수 쳐주는데 진짜 가슴이 벅차더라."

그 말을 듣는 순간, 마치 늦잠 자다 시험 시간을 놓친 사람처럼 후회가 몰려왔다. 카메라를 들고 학교에 가지 않았다는 것을 그제야 안 것이다. 어젯밤 잠자리에 들면서도 학교에 가서 아이의 모습을 담아 와야겠다고 생각했다. 시간을 되돌리고 싶었다. 순간이 지나면 영원히 오지 않는 것이 시간이라는 것을 알면서 때를 놓친 것이다. 내가 생각에 잠겨 안타까운 얼굴을 하고 있자 채영이가 말했다.

"엄마, 너무 걱정하지 마. 나 별로 안 떨려."

'수험표를 받아들었을 때 아이는 무슨 생각을 하고 있었을까? 한 명 한 명 아이들을 안아주던 선생님은 어떤 모습이었을까?'

나는 과거로 돌아가 셔터를 누르고 있었다.

오늘 같은 날 내 마음은 중요하지 않았다. 시험장에 가서 시험 볼 교실을 확인하고 내일을 준비하는 일만 남아 있을 뿐.

예비 소집에 다녀와 채영이와 나는 점심으로 떡국을 끓여 먹고 저녁에는 밥을 먹었다. 그러는 사이사이, 아이는 내일 가져갈 목록을 종이에 적어 하나씩 지워갔고, 여분의 수정테이프와 컴퓨터 사인펜을 사러 문방구에도 다녀왔다. 그러곤 후배와 이웃들이 선물한 초콜릿과 찹쌀떡을 두어 개 먹었다.

집 안에 흐르는 공기는 떨어지는 낙엽도 피해 갈 정도로 조심스러웠고, 둘의 움직임은 사분거렸다. 수험생의 마지막 밤도 슬며시 다가왔다. 내일 가져갈 도시락 때문에 내가 부엌에서 분주할 동안, 아이는 시험 시간 5분 전에라도 반드시 봐야 하는 내용들을 모아 정리하느라 방에서 꼼짝도 하지 않았다.

비타민을 입안에 넣어주고 잠자리에 든 아이 이불을 여며준 뒤 방을 나왔다. 조금 있다가 혹시라도 잠을 설치고 있지나 않은지 걱정스러워 살며시 방문을 열어보았다. 새근거리는 숨소리를 들으며 아이가 깰까 봐 조용히 방문을 닫았다. 시계는 11시 45분을 가리키고 있었다. 아직도 하루가 다 가지 않았다.

'왜 이리 시간이 더디 가는 걸까?'
나는 목이 말라 물 한 잔을 단숨에 들이켰다.

여자고등학교
생출입금지
주 차 장
로 비
후문
수험생 대기실
감독관 휴게실
고사준비실
고사본부
보건실
YEONGDEUN

11월 10일

D 수능

하루가 시작되었다.

아침 7시. 시험장 앞은 응원의 구호와 따듯한 차를 건네는 손길에 잔치라도 벌어진 듯 화기애애하고 부산스러웠다. 그러나 차량을 통제하는 경찰들의 호루라기 소리는 시간을 다투는 일이 벌어지고 있다는 것을 알리고 있었다. 시험장이 가까워질수록 나는 채영이에게 무슨 말인가를 해야 할 것 같았지만 어떤 말도 떠오르질 않았다. 학교 후배들이 들고 있는 '재수는 없다', '수능 대박' 피켓의 구호보다 더 적절한 말을 찾아내려 했으나 마음뿐이었다.

365일, 고3이라는 새털처럼 무수한 시간 속에서 나와 채영이는 매일 눈을 마주치고 서로의 등을 쓰다듬어주었다. 늘 그래왔던 것처럼 단 몇 분이라도 그렇게 해주고 싶었지만 아이는 1초도 발걸음을 멈추지 않았다. 다른 아이들도 마찬가지였다. 진공청소기가 먼지를 빨아들일 때처럼 아이들은 정문 안으로 빨려 들어갔다. 아이들 옆을 바싹 따라 걷던 부모들은 문 앞에서 끈 떨어진 연을 바라보듯 아이를 바라보는 것 말고는 아무것도 할 일이 없었다. 오전 8시 10분. 시험장 문이 닫혔다.

오후 4시 20분. 다시 그 자리. 시험장 앞은 아침보다 붐볐다. 일찍 퇴근하고 달려온 아버지들의 모습도 보였다. 닫혀 있던 문에서 아이들이 나오기 시작했다. 그때 누가 먼저랄 것도 없이 모두들 박수를 치기 시작했다. 아침에는 하나같이 창백하더니만 나올 때는 아이들 얼굴이 울긋불긋했다. 엄마를 보고 우는 아이, 아빠와 하이파이브를 하는 아이, 엄마가 끌어안으니 함께 끌어안는 아이……. 홀가분해선지, 시험을 망쳐서인지 실없이 웃는 아이들도 있었다. 아이들은 내내 이고 있던 큰 짐 하나를 내려놓은 것 같았다.

멀리서 채영이의 모습이 보였다. 입 밖으로 시험을 잘 봤느냐는 말이 튀어나오려 했지만, 그 대답이 어떨지 걱정스러워 그냥 웃으며 아이에게 다가갔다.

"엄마, 이 느낌이 뭘까? 그동안 공부했던 것이 이렇게 한나절 시험으로 결정된다니 너무 이상해. 오늘을 위해 얼마나 오래 준비했어. 365일을 거꾸로 세면서 '수능'이라는 단어를 얼마나 많이 들었고, 얼마나 많이 말했어. 나도 세상 사람들도 수능일에 마치 지구라도 멸망할 것처럼 엄청 중요하게 생각하고 달려왔잖아.

그런데 시험을 보는데 시간이 어제와 똑같이 흐르는 거야. 아주 대단하고 중요한 날이라고 했는데 별난 게 하나도 없었어. 어느새 시험이 끝나고 이제 아무것도 할 것이 남아 있지 않을 뿐."

아이의 말을 들으며 나는 안심했다. 말하는 기색에서 치명적인 실수는 없어 보였다. 나는 아이의 기분을 함께 느끼며 고개를 끄덕였다. 그러

면서 마음 한편에서는 치솟는 궁금함을 누르느라 몸이 오그라드는 것 같았다. 어서 집으로 돌아가 채영이를 재촉해 답안을 맞춰보라고 해서 등급을 알고 싶었다. 입으로는 오늘 하루는 아무 생각 없이 쉬라고 하면서도 내 마음은 그게 아니었다.

#밤

우유병 삶아서 건져 엎어놓고,

크레파스와 도화지로 어지러운 식탁을 정리하고 나면 어느새 아이들은 잠들어 있었다.

이제부터 두어 시간은 오롯이 내 시간이다.

아이들이 곤히 잠들었는지 다시 한번 확인한 뒤 현관 열쇠를 들고 비디오 가게로 향한다.

골목길에는 바람 냄새에 실려 오는 기억들이 있었다.

봄바람에서는 대학교 입학하던 해 교정에서 맡았던 꽃 냄새가 났고,

겨울바람에서는 결혼 전 광화문 밤거리의 쨍한 차가움이 느껴졌다.

촘촘히 감긴 비디오테이프가 작은 텔레비전 화면으로 풀어지는 밤.

육아도 살림살이도 더 이상 끼어들지 못하는 나만의 시간.

11월 13일

겨울에 피는 꽃

"이게 얼마 만이야. 일요일에 늦잠 잔 게."

아이는 고3이 되고 나서는 일요일 아침에도 학원에 가느라 늦잠 한 번 편하게 못 잤다. 수능시험이 끝난 주말, 집 안은 평화롭고 나른했다. 이불 밖으로 나오기가 아까운지 머리맡에 손을 뻗어 아무 책이나 집어 들더니 채영이는 다시 이불을 끌어당겨 비스듬히 기대어 앉았다. 내가 보던 사진집들이었다.

"우리 엄마는 언제 사진작가가 되려나? 좀 더 열심히 해야 하지 않나? 하하하."

아이와 나는 느린 오전을 보내고 오후에 S대 논술시험장으로 가기 위해 나섰다. 경복궁을 지나고 삼청동 길을 지나 S대 후문으로 갔다. 학교는 수험생과 부모들로 가득했다. 아이를 들여보내고 성북동 골목을 지나는데 담장 위에 장미가 피어 있었다.

'바보 같은 장미. 지금은 여름이 아니라 가을이라고, 곧 겨울이 온다고.'

연일 이상기온이었다. 겨울은 겨울다워야 제맛이다. 겨울로 가는 길목에서 무엇이 아쉽기에 여름의 자취가 그렇게 길게 이어지고 있는 걸까. 나는 겨울을 늦추고 있는 장미꽃이 곱게 보이지 않았다. 이 겨울을 빨리 나야 아이의 입시가 끝날 것을 생각하니, 오지도 않은 겨울을 앞당겨 끌어다 놓고 싶은 심정이었다.

11월 15일

짜장면 같은 아이들

시험이 끝나자 놀이동산이나 음식점에서는 마케팅의 일환으로 수험표를 가지고 오면 할인을 해주거나 무료입장 등의 행사를 진행하고 있다. 하지만 과연 수능시험이 끝났다고 놀러 나가는 학생이 몇이나 될까?

지방에 사는 아이들은 강남의 족집게 논술학원을 찾아 상경하고 있다. 몇 주 만에 논술 실력을 향상시키기 위해 학원 근처 여관에 묵는다고 한다. "고2 때부터 논술 준비를 시작하면 논술전형으로 합격할 가능성이 50퍼센트이고, 수능 끝나고 논술 준비를 하면 합격 가능성은 10퍼센트 미만"이라는 말이 항간에 떠돌고 있을 정도로 논술은 하루아침에 되는 일이 아니다. 입시에서 10퍼센트란 거의 가능성이 없다는 말인데 다들 지푸라기라도 잡고 싶은 심정인가 보다.

아이들은 일정대로 시간 내에 논술시험장 입실을 완료해야 한다. 하루에 두 군데 시험 일정이 겹칠 경우, 시간을 맞추기 위해 퀵 서비스의 오토바이 뒷자리에도 앉아야 한다. 아이들은 안전장치도 없이 달리는 오토바이에 목숨을 맡기고, 퀵 아저씨는 속도를 낸다. 아이들이 짜장면도 아닌데 말이다.

채영이의 논술시험 일정도 만만치 않다. 3년 내내 다녔던 논술학원에도 매일 나가 논술에 대비하고 있다. 일주일에 한 반씩만 다녀도 학원비가 만만치 않은데 매일 수업을 받다 보니 카드 값도 그만큼 늘어간다.

다가오는 주말, 채영이도 19일에 두 군데, 20일에 한 군데 대학에서 논술시험을 봐야 한다. 하루에 두 곳을 뛰려면 아이는 두 배로 긴장한 채 피곤한 것쯤은 감수해야 하고, 나는 시험 시간에 어떻게 맞출까 머리를 굴려야 한다.

'승용차를 이용하는 것은 불가능할 것 같고, 그렇다면 지하철을 타야겠다. 중간에 이동하면서 점심을 먹어야 하는데, 도시락을 쌀까 아니면 사먹는 것이 나을까? 주말 날씨는 좋을까? 일기예보에서는 비가 온다던데…….'

11월 20일

가시방석

"친구들은 뭐하며 지내니?"
"시험 끝나도 뭐 별거 없어. 만날 벼르더니 막상 놀지도 않아. 그냥 다들 집에서 보내는 것 같아. 편의점 알바 하는 친구들이 좀 있고……. 나도 좀 해보고 싶다."
울타리에 갇혀 있던 수험생들은 제한된 생활 속에서 도넛 가게 또는 편의점에서 일하는 언니, 오빠들을 꿈꾸었나 보다. 내 아이도 평소에 입버릇처럼 말했다.
"나 시험 끝나면 편의점 알바 해보고 싶어."
아르바이트를 하지 않으면 먹고살 길이 막막한 아이들에게는 사치로 들리는 알바. 그것이 '해보고 싶은 일'이 아닌 '꼭 해야만 하는 일'인 아이들도 있는 것이다. 어쨌든 공부가 아닌 다른 일을 하는 것을 해방이라 여겨왔던 고3들은 그렇게도 꿈꾸던 아르바이트를 시도하는 중이다.

"근데 엄마, 우리 반 아이들 중에 반 이상은 죽을 지경이라고 해."
"이미 자기가 어디로 가야 하는지 결정되지 않았어?"
"평소보다 수능점수가 잘 안 나왔다는 친구들이 더 많아. 내 친구 하

나는 수능시험 보는 도중에 재수를 결심했대. 또 어떤 아이는 열심히 하지도 않았는데 이렇게 끝낼 수는 없다면서 다시 한 번 자신에게 기회를 주고 싶다고 벌써 재수학원을 알아보기도 해. 시험이 끝나면 뭐해. 다들 가시방석이야, 다들."

11월 24일

책상 정리

"수능시험 끝난 지도 꽤 됐는데 이제 책상 정리 좀 하지?"

"다 끝나면 할게요."

아이는 숨 좀 돌리자며, 뭐 그리 서두르냐는 투로 대답했다.

"수능 끝났잖아. 뭐가 또 남았어? 혹시…… 너 재수 생각해?"

"재수 안 할 건데……. 정말 안 할 거야……. 아휴, 저것들 볼 때마다 징해. 다시 볼 일 없었으면 좋겠어."

'수능완성', '고득점 언어영역', '모의기출문제'……. 아이가 매일 끌어안고 지냈던 것들이었다. 어서 재활용 수거함에 갖다 버렸으면 좋겠다고 하니 책상 앞에 앉아 이것저것 정리를 하는 것 같았다. 그러더니 정리하던 것을 다시 책상 위로 죽 쌓아 올려놓는다.

또 한 번 재촉할까 하려다 말았다. 본인도 저것들을 한 번에 싹 쓸어다 갖다 버리고 싶다고 하면서 오죽하면 정리를 하다가 그만두겠는가. 그 마음을 알 것 같기도 했다. 이제 아무짝에도 쓸모없는 것들이지만 치워버리기에는 좀 이른 감이 있다는 것을. 발표도 나기 전에 깨끗이 치워버렸다가 결과가 좋지 않을 때 그마저 없는 텅 빈 책상을 마주하기라도 한다면 그 심정이 어떻겠나.

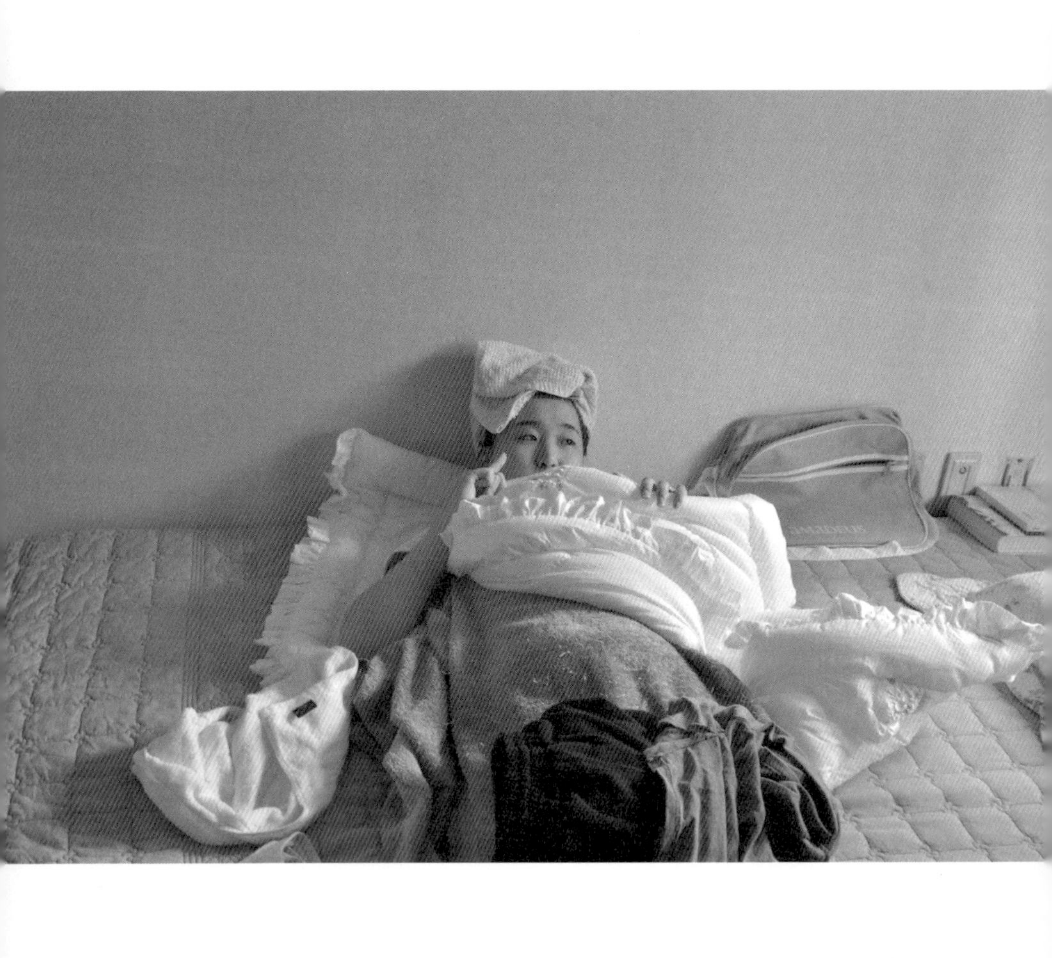

11월 27일

떨리는 면접

수능점수 발표를 3일 앞두고 있는 오늘, H대학교 미술대학 자율전공 전형의 세 번째 관문인 심층면접이 있었다. 입학사정관과 전임교수의 다단계 심층면접으로, 학생의 미술활동에 대한 열정, 잠재력을 평가받는 자리였다.

보통 미술대학 입시 하면 아그리파, 줄리앙 등의 석고상을 앞에 놓고 소묘를 하거나 사과, 배추, 와인병, 운동화 등 대상을 앞에 두고 수채화로 표현하는 실기시험을 떠올린다. 그러나 이 전형은 실기시험을 보지 않고 새로운 방식으로 아이들을 평가하여 최종 합격자를 선발한다. 1단계에서 내신점수로 6배수를 선발하고, 2단계에서는 내신점수와 학교생활기록부, 미술활동보고서로 3배수를 선발한다. 그리고 3단계에서는 심층면접을 실시한다. 여기에 한 가지 조건이 더 있다. 수능 네 개 영역 중 세 개 이상의 영역에서 2등급 이상의 점수를 받아야 한다. 3단계까지 합격했다고 해도 이를 충족하지 못하면 무조건 불합격이다.

날 좋은 일요일 오후였다. H대 근처 거리는 나들이 나온 가족들, 연인들, 친구들로 넘쳐나고 있었다. 간간이 수험생과 그 부모들이 눈에 들어왔다. 나도 같은 처지에 놓여서인지, 북적거리는 사람들 사이에서도 한눈에 그들을 알아볼 수 있었다. 몇만 명이 한꺼번에 몰렸던 지난주의 논술시험장 풍경과는 달랐지만, 오늘도 정해진 시험장을 향해 묵묵히 걷는 사람들이 있었다. 붐비던 학교 앞과는 달리 학교 안은 스산했다. 해가 기울 무렵, 아이는 면접시험장에서 나왔다.

"생전 처음 보는 면접이었는데, 기분이 어때?"
"처음엔 약간 떨렸는데, 새롭다고 해야 하나? 내가 가진 생각을 면접관에게 전달하는 게 재밌었어. 최선을 다했어."
"이제 최저 등급만 넘으면 되네. 휴, 산 넘어 산이다."
"엄마, 될 수도 있고, 안 될 수도 있어."

'그래, 이제 하나의 관문만 통과하면 된다. 2단계와 3단계 사이에 있었던 수능시험의 결과만 예상대로 나온다면 가능하다. 하늘에 맡기자. 뚜껑을 열어봐야 안다. 그래도 불안하다. 설령 면접에서 최고 점수를 받는다 해도, 등급을 충족하지 못하면 불합격인데…….'
이렇게 촘촘한 그물로 아이들을 선발하는 대학 입시. 대학은 과연 합격한 아이들에게 그만큼 책임 있는 교육을 실시할까? 이 사회는 각 개인이 가진 능력과 가능성을 펼칠 수 있도록 길을 마련해주고 있는 걸까?

11월 29일

첫눈 기다리며

수능 이후 주말마다 있었던 논술시험과 적성검사시험도 거의 끝이 났고, 이제 아이들은 수능점수표를 받을 11월 30일을 기다리고 있다. 가채점을 통해 대부분 자신의 점수를 예측하고 있지만 아직은 모를 일이다.
내일이 바로 수능점수 발표일이다. 등급 컷에 걸린 과목이 있어서 노심초사했던 날들도 내일이면 끝이다. 채영이가 수능점수표를 받아 들 모습을 생각하니 두려움이 앞선다.
'과연 그 모습을 사진에 담을 수 있을까.'

"1, 2점의 점수 차이로 인생이 달라지지 않는다."
"명문대학 진학이 인생의 행복이나 성공을 보장하는 시대는 지났다."
"최선을 다했으면 그것으로 족하다."
올 한 해 내가 수없이 아이에게 했던 말이다. 아니, 그건 나에게 던지는 말들이었는지도 모른다. 점수가 예상한 대로 나오지 않는다 해도 나는 아이를 지지하고 응원할 것이다. 왔던 길을 다시 돌아가라고 권하지도 않을 것이다. 점수는 한 사람을 평가하는 수치가 될 수 없으며,

of Plants

그렇다고 그것이 너 자신을 속일 만큼 황당한 결과도 아닐 거라고 말해줄 것이다.

내일은 기다리던 올겨울 첫눈이나 왔으면 좋겠다.

11월 30일

들키고 싶지 않은

오늘은 수능점수 발표일. 카메라를 들고 계단을 올라 교실 앞으로 갔다. 담임선생님이 수능점수가 적힌 종이 뭉치를 들고 계셨다. 아이들은 순서대로 자리에서 일어나 선생님이 주는 종이를 받아 들고 있었다. 이번엔 채영이 차례다. 나는 문밖에서 셔터를 눌렀다. 카메라는 아이의 모습을 담고 있었지만 내 마음은 온통 그 종이 한 장에 쏠려 있었다. 손이 약간 떨리기 시작했다. 더 이상 셔터를 누르고 싶지 않았다.

성적표를 받아든 손, 긴장을 숨기기 위해 희미한 웃음을 짓는 아이를 바라보다 몸을 돌려 교실 앞 창가로 갔다. 오라는 눈은 오지 않고 비만 주룩주룩 내리고 있었다. 점수를 펼쳤을 때 자신도 예측하기 힘든 그 표정을 엄마인 내게 보이고 싶지 않았을 것이다. 아니, 자기를 대상화하고 있는 그 무엇도 허락하고 싶지 않았을지도 모른다. 그것이 설령 엄마라 할지라도. 들키고 싶지 않은 순간을 못 본 척해주는 것이 아이에 대한 최소한의 배려일지도 모른다는 생각이 들었다. 문득, 손에 들린 카메라가 걸칠 필요 없는 옷처럼 거추장스러웠다.

나는 슬며시 카메라를 가방 속에 넣었다. 못된 일을 하다 들킨 사람처럼 서둘러 카메라를 숨겼다.

12월 7일

찌든 때

아침에 눈을 뜨니 몸이 무거웠다. 오기로 한 친구들에게 다음에 보자고 할까 싶었다. 집으로 오라고 해놓고 또 짜장면에 탕수육을 시켜 먹어야 할 것 같아서, 그리고 방바닥에 쌓인 먼지들도 눈에 거슬렸다. 며칠 동안 긴장했다가 풀어지고, 또 기대하는 일을 반복하면서 매사가 귀찮기만 했다. 시간은 엿가락처럼 늘어나 있었고, 나는 더위 먹은 사람처럼 늘어져 있었다. 어제의 불합격 통보가 머리에 눌어붙어 떨어지지 않았고, 그런 채로 오늘 또 하나의 발표가 있다.

'오늘도 떨어지면…….'

눈뜨면 자동인형처럼 컴퓨터를 켜는 것이 요즘 일상이다. 오늘도 메일을 재빠르게 확인한 후 실시간 검색어를 빠르게 읽어 내려갔다. 오후에 발표한다고는 했지만 어제도 대학 측에서 정한 시간보다 일찍 합격자를 발표했다. 어느 대학에선가 발표가 나면 실시간 검색어에 뜨기 마련이었다.

아직 발표 전이군.

커피를 마시려고 부엌에 들어섰다. 부엌 바닥에 커피색보다 진한 얼룩들이 눈에 띄었다. 친구들이 보면 뭐라고 할까. 나는 일회용 물걸레로 대충 얼룩을 닦았다. 친구들이 하얀 버선발로 미끄럼만 타지 않는다면 괜찮겠다 싶었다. 조바심 나는 내 마음도 한숨 한 번으로 살며시 감추었다.

11시가 되자 친구들이 들어서기 시작했다. 먼저 도착한 친구와 커피를 마시며 수다를 풀어놓기 시작했다. 그때 전화벨이 울렸다.

"엄마, S대 발표 난 것 같은데?"

미국에 있는 채은이의 전화다. 채은이에게도 열네 시간의 시차를 계산해 동생의 '발표'를 챙기는 일이 하루의 일과였다.

"엄마가 확인해볼게."

수화기를 내려놓고 방으로 들어갔다. 친구도 뒤따라왔다. S대 입학처 홈페이지에 들어가자 합격자 발표를 알리는 팝업창이 떴다. 순간 '친구가 옆에서 보고 있는데 불합격이면 어떡하지?' 라는 생각이 들었다. 하지만 멀찌감치 가 있으라는 말을 내뱉을 틈이 없었다. 이미 손은 자판 위에서 아이의 이름을 입력하고 있었다. 그리고 수험번호를 입력하려는 순간, 노트북 옆에 수험번호를 적어놓은 메모지가 어디 갔는지 보이질 않았다. 겨우 메모지를 찾아 숫자 여덟 개를 입력했다. 그런 다음 '확인'을 클릭했다. '불합격'이라는 세 음절이 눈에 들어왔다. 친구는 다시 입력해보라고 했다. 불합격인 걸 알면서도 나는 시키는 대로 다시 숫자를 입력했다. 숫자는 그렇다 쳐도 내가 아이 이름을 잘못 입력했을 리 없지 않은가. 이름과 번호가 일치하지 않으면 '불합격'이라

는 단어보다 백배는 온순한 말로 '해당자가 없습니다'라고 알려준다는 것을 나는 알고 있었다.
나는 애써 무덤덤한 표정을 지으려 했다. 예상했다는 듯 짧은 한숨을 쉬었다. 친구에게 무슨 말이든 해야 하는데……. 함께 그 순간을 지켜봤던 친구도 나에게 무슨 말인가를 하려는 순간, 1층 현관의 인터폰이 울렸다. 나는 "거실 인터폰에서 별 버튼 좀 눌러서 문 좀 열어줄래?"라는 말로 어색함을 대신했다. 잠시 후 현관 앞이 부산스러워지면서 노트북 앞에서의 상황이 종료되었다.

친구들이 집에 돌아갈 때까지 여자 넷의 수다는 끊이질 않았다. 그러나 부엌 바닥에 얇게 깔려 있는 찌든 때처럼 내 마음속 밑바닥에는 아이의 불합격 소식이 계속 머물고 있었다.

12월 8일

롤러코스터

몇 군데의 합격자 발표에서 아이의 이름을 찾지 못하고 컴퓨터의 창을 닫을 때마다 마치 롤러코스터를 타고 계속 아래로만 치닫는 기분이었다.
오늘은 좀 지루해서 하루 종일 소파와 텔레비전 리모컨만 만지작거렸다. 밖은 어둑어둑했고 나는 소파에 누워 또 텔레비전을 켰다. 채널을 두어 번 바꿔 돌렸지만 볼 것이 하나도 없었다. 멈춘 채널에서는 8시 뉴스를 예고하고 있었다.
갑자기 허기가 몰려왔다. 밥을 먹을까 하다가 그것도 귀찮아 짜장면을 시켰다. 눈은 텔레비전에 고정시킨 채 입은 짜장면 그릇을 비우고 있었다. 그릇을 밀어놓고 소파에 누워 다시 눈을 감았다. 현실과 꿈의 경계에서 기분 나쁜 포만감이 밀려왔다.
잠든 지 채 1분도 안 된 것 같은데 휴대폰 벨소리가 귀찮게 울려댔다. 친구를 만난다고 나간 채영이였다.

"왜?"
"엄마, 나 합격이래."

그 순간, 아래로만 내리닫던 롤러코스터가 한순간에 높이 치솟는 것 같았다.

> 식구들은 별로 기쁘지 않느냐고 자꾸 묻는다.
>
> 아뇨, 어떻게 그럴 수 있겠어요. 너무 기뻐서 표현할 방법을 찾지 못할 정도였어요.
>
> — 채영

12월 18일

1년 한 달

작년 겨울, 선배들의 수능 대박을 기원하는 채영이를 보며 1년 뒤 똑같은 모습으로 시험장에 들어갈 아이의 모습을 상상했다. 11년 동안 학교라는 울타리에 갇혀 지냈던 아이가 이제는 자기 스스로 세상으로부터 멀어져 더욱 굳건한 울타리를 쳐야 한다고 생각하니 가슴이 답답했다. 나는 아이가 어디 멀리 가는 것도 아닌데 귀양살이 가는 식솔처럼 짐을 꾸려야 할 것 같았다.

첫딸도 고3이라는 시간을 겪었다. 여덟 살, 학교라는 곳에 첫발을 내딛은 어느 날 하늘을 보면서 '내 인생도 저렇게 구름처럼 흘러가는구나'라며 이른 사춘기를 겪던 아이는 대학 입시를 앞두고 자신이 무엇을 하고 싶은지, 어떠한 삶을 원하는지 잘 모르겠다고 되뇌며 끝나지 않을 것 같은 '고3'이라는 벽 앞에서 막막해했다. 그러다가 "엄마, 인생이 다 그런 거지? 그렇지?"라며 다시 책상 앞에 앉았다. 책상 위에는 누구도 대신해줄 수 없는 시간을 견디기 위한 메모들이 있었다.
"당신이 일단 2위에 만족한다고 말하고 나면, 당신 인생도 그렇게 되리라는 것을 나는 깨달았다."

폐문
B2
B2

그 뒤로 또 3년이 흘렀지만 입시 제도는 변한 것이 하나도 없었다. 채영이가 보낸 고3이라는 시간도 언니의 시간과 다를 것이 없었다. 이성 친구를 사귈라치면 정신 빠진 사람이 되어야 했고, 우정 따위는 공부를 하고 나서야 쌓을 수 있는 것이었다. 다이어트하느라 밥 한 끼 굶으려고 하면 고3이 몸매나 신경 쓴다며 쓴소리를 들어야 했다. 세상이 정해놓은 고3이 되어 몸과 마음을 맞춰 살아야 했다.

그런 아이 옆에서 나와 가족은 참으로 유난스러운 시간을 보냈다. 하루하루의 일상은 누구나 거기서 거기였지만, 예전과는 다른 기운이 흘렀다. 사람 사는 집인데도 마치 금지구역처럼 오가는 이들이 적었다. 친정 식구들조차 우리 집에 오려면 눈치를 살폈다. 고3 아이가 있는 집이라며 고3 엄마의 심기를 살폈다. 남편도 마찬가지였다. 술친구라도 데리고 오면 내게 개념 없는 사람이라는 말을 들어야 했고, 거실에서 텔레비전 볼륨을 높이면 식구들의 눈총을 받았다.
집에 있으면 나 혼자만 힘들게 겪고 있는 것 같은 고3 엄마였지만, 길가 가게들이 셔터를 내릴 때 학원 앞으로 가면 내 앞뒤로 나와 똑같은 모습을 한 엄마들을 만날 수 있었다. 길가에 세워둔 자동차의 비상등을 켠 채 고개를 왼쪽으로 돌리고 앉아 건물에서 나올 아이들을 기다리는 엄마들은 바로 내 모습이기도 했다.
식탁 위에는 홍삼, 총명탕, 공진단, 체질개선제, 생식, 효모, 비타민C, 오메가3 들이 자리를 차지하고 있었다. 아침에는 현관 앞에 서서, 밤에는 책상머리에서 이것들을 들고 아이에게 '꿀꺽' 넘기라고 했다. 스스로 챙겨 먹었으면 좋겠다고 말했지만 아이는 한 번도 그런 적이 없었다. 무슨 벼슬이라도 하는 양 나의 귀찮은 수고 하나도 덜어주지 않았다.
우습지만 세상의 모든 신들도 내 편이 되어주길 바랐다. 절이든, 성당이든, 심지어 무당집을 지날 때도 잠시라도 머리를 숙여 나를 낮췄다. '당신의 넓은 망토로 아이를 감싸주시고, 당신의 지혜를 나누어주시고, 유혹의 길로 가지 않게 도와주소서'라며 중얼거렸다. 그리고 반드시 행운도 달라고 했다.
수능일이 다가오자 나는 점쟁이가 되기도 하고 꿈해몽가가 되기도 했다. 호랑이를 잡는 꿈이나 커다란 기와집으로 아이가 들어서는 꿈을 꾸면 하루 종일 기분이 좋았다. 그러나 낭떠러지에서 떨어지거나 이가 흔들리는 꿈을 꾸면 내 꿈이 아닌 듯 잊으려 애썼다. 수능시험 3일 전에는 물건을 훔치는 꿈을 꾸고 나서 태몽인 것처럼 기분 좋아하며 시험 운을 점쳤다.

1년 전 시험장 앞에서 아이가 들어간 자리를 바라보던 그 엄마도 그랬을까? 아이의 대학 진학이 엄마와 아이의 공동 인생 목표인 양 고단한 하루하루를 보냈을까? 그리고 행복했을까? 자식이 만들어내는 알록달록한 삶의 무늬들을 가까이에서 지켜보면서 울고 웃었을까?

2012년 2월 8일

그리고

두어 달 옷걸이에만 걸어둔 교복에는 먼지가 내려앉아 있었다. 오늘 아침, 채영이는 꼼꼼히 화장도 하고 머리도 매끄럽게 편 후, 교복의 먼지를 '탁탁' 털어내고 입었다. 내일이면 세탁소에서 줄여 입었던 교복 치마와도 이별이다.

마칠 졸, 일 업, '졸업(卒業)'.

"아침에 집에서 나갈 때는 앞으로 친구들 못 만날 생각에 섭섭할 것 같았어. 선생님이 한 명씩 안아주면 울음이 나올 것 같았지. 또 내가 대학에 붙었으니 졸업식 내내 엄청 뿌듯할 거라고도 생각했지. 그런데 오늘 졸업식은 무미건조했어. 오히려 초등학교 졸업 때는 친구들과 헤어지는 것 때문에 눈물도 나고 담임선생님과의 이별도 뭉클하고 그랬는데."
나도 졸업식장을 들어서면서 오늘은 헤어짐과 함께 아쉬움이 무척 남는 날일 거라고 상상했다. 어느 순간인지는 몰라도 가슴 따듯한 무언가를 지켜볼 수 있겠거니 했다. 그러나 졸업식에는 쉬는 시간에 수다

떨 때의 웃음은 있었지만, 다들 너무 덤덤해서 느낌이 없는 결혼식 같다는 생각이 들었다.
"고등학교가 학교라기보다는 입시를 위한 수단이 되어버려서 그런가 봐. 사제 간에 정도 별로 없고, 애들도 자기들 공부하고 내신 따기 바빠서 그런지 끈끈한 우정이랄 것도 없어. 오늘 느낌이 어떠냐고? 내가 드디어 졸업을 하는구나, 뭐 그 정도?"

대학에 합격한 아이, 대학에 떨어져 재수를 한다는 아이, 졸업식도 필요 없다고 참석조차 하지 않은 아이. 아이들은 각자가 학교 밖에서 고등학교 교육의 목표라고 해도 과언이 아닌 대학 입시를 마무리하고 있었다. 학과 공부도 학교가 아닌 학원에서 끝이 나듯, 졸업식도 그렇게 덤덤히 하고 있었다.

#힘내라는 말은 흔하니까

힘내라는 말보다, 사랑한단 말보다

더 특별한 마음 표현은 없을까?

에필로그

엄마와 딸이 행복을 찾아가는 과정

몇 년 전 우리 동네에 물난리가 났다. 아파트 1층이 물에 잠기기 시작하면서 2층에 사는 우리 가족은 잠길지도 모르는 집을 놔두고 대피해야 했다. 꼭 가지고 나가야 할 것들만 챙겨서 어서 나가자는 남편의 독촉에 나는 거실 가운데 서서 생각했다.

'그래 살림살이는 다시 마련하면 되지. 진짜 챙겨야 하는 게 뭐지?'

난 창고로 갔다. 아이들의 일기장과 그림을 그린 종합장, 스케치북 따위를 챙겨 들었다. 그리고 인화해놓거나 CD에 담아 모아놓은 사진들을 찾았다. 사진은 언제나 현재를 담지만 그 찰나의 순간이 가고 나면 과거의 기록으로 남는 소중한 것이니까.

채영이 졸업식에 다녀온 오후, 그 당시 챙겨두었던 것들을 하나하나 읽어보았다. 그날의 광경들이 손에 잡힐 듯이 생생했다. 한참을 혼자 낄낄거리다 채영이의 고3 다이어리가 궁금해졌다. 아이에게 보여달라고 했다. 매일 밤 깨알같이 무엇인가를 적고는 어딘가에 꼭꼭 숨겨두었는데, 웬일인지 선선히 건네주었다.

4월 8일: 어제는 방사능비가 내렸지만 오늘은 날씨가 좋다. 내 짝 지영이는 '연애하고 싶은, 사랑에 빠질 것만 같은 날씨'라고 했다. 좀 지나면 벚꽃이 피겠다. 나는 꽃 중에 벚꽃이 제일 예쁜 것 같다.

4월 28일: 공부를 즐기자. 즐기자, 즐기자.

5월 12일: 신채영 3행시. **신**나고 재미나는 **채**영이의 **영**특한 고3 생활.

6월 30일: 이것 또한 지나가리라.

7월 4일: 좀 외롭다.

7월 25일: 이제야 공부란 걸 하는가 싶다.

8월 11일: 벽돌. 단단하다. 잘 깨지지도 부서지지도 않는다. 음, 난 강해.

9월 10일: 그래도 괜찮아. 버틸 수 있잖아.

9월 18일: 아빠를 위해서 대학에 잘 가고 싶다. 받은 건 넘치는데 해드린 게 아무것도 없기에.

10월 5일: 공부 땜에 울 일 없을 줄 알았다.

11월 22일: 엄마는 사진을 하며 행복을 찾아갈까?

웃는 얼굴, 심각한 표정, 시간을 흘려버리는 몸짓, 우는 얼굴, 그저 아무 생각도 없는 표정의 채영이가 그곳에 있었다. 채영이는 열아홉 살, 입시라는 긴 터널을 지나고 있는 고단하지만 사랑스러운 여자아이였다. 대학 입학이라는 목표 아래, 주변의 요구와 사회가 인정하는 잣대 위에서 쉼 없이 달려야 했고 학교, 집, 학원을 365일 오가야 했지만 남자 친구와의 문제로 밤새 고민하는 여자아이였다. 아무 일도 일어나지 않을 것 같은 고3에게 무슨 일인가 끊임없이 일어나고 있었다.
채영이는 카메라를 들고 자신 앞에 서 있는 엄마를 보며 엄마의 삶과 엄마의 꿈도 생각하고 있었나 보다. 사진을 찍고 있는 엄마를 어떻게 바라보고 있을까 궁금했는데 다이어리에는 그런 단상도 담겨 있었다. 채영이의 물음처럼 과연 나는 사진을 하며 행복해할 수 있을까? 지난 1년하고도 몇 달 동안 나는 행복했을까?

"채영아, 엄마가 행복을 찾아가고 있다고 생각하니? 그에 대한 답은 계속 찾고 있는 중이란다. 하지만 한 가지는 분명히 말할 수 있어. 너와 함께한 지난 1년여 시간이 행복했다고. 몇날 며칠 카메라에서 손을 놓고 있으면 네가 물었어. 잘되고 있느냐고. 좋은 날만 사진에 담는다면 그게 무슨 이야기가 되겠느냐며 용기가 없는 것 아니냐고. 그렇게 말해주는 네가 있어서 할 수 있었어. 네가 존재해서 할 수 있었고, 널 맘껏 바라볼 수 있게 해줘서 할 수 있었어. 함께해서 행복했단다."

이 작업은 '달팽이사진골방' 그리고 임종진 선생님과 인연을 맺어 사진을 하면서 용기 내어 시작한 일이다. 사람과 사람을 가르는 경계, 인종과 나이, 직업의 귀천에 따라 서로를 구분하지 않는 사진골방에서 나는 내가 규정했던 내 안의 경계를 조금씩 허물 수 있었다. 지극히 사적인 기록을 밖으로 내놓는다는 것, 아직 다 영글지 않았지만 나의 기록을 누군가와 나누고 싶다는 바람도 골방에서는 응원받을 수 있었다.
글과 사진은 대상과의 소통의 통로를 만드는 작업이라 생각해왔다. 카메라에 누군가의 모습을 담는 것도 그런 과정이라고 믿었다. 그리고 그건 별로 어렵지 않은 일이라고 자만하기도 했다. 그러나 그 또한 쉽지 않다는 것을 곧 알게 되었다.

나는 아이가 공부하고 있는 야간자율학습실에서 카메라만 만지작거리다 한 장이라도 찍자며 셔터를 눌렀다가 아이들의 눈총을 받은 적도 있었다. 예의 없이 셔터를 누른다며 채영이에게 싫은 소리를 들으면서 글자로 익힌 것들에 한계를 느끼기도 했다. 대상에 대한 배려가 모든 것에 우선되어야 한다는 게 사진을 찍을 때의 원칙이지만, 나는 그저 사진 한 장을 손에 쥐려고 허둥대고 있었다. 부끄러웠다.
또 '고3'이라는 상황이 내 손과 발을 멈추게 할 때, 사서 고생을 한다는 생각도 들었다. 성적표를 사이에 두고 아이와 팽팽하게 앉아 있을 때나 내가 아이에게 좀 더 열심히 공부하라고 채찍질을 한 후에는 카메라를 드는 일이 쓸데없는 일처럼 느껴졌다. 때로는 채영이가 눈이 퉁퉁 부을 정도로 울기도 했다. 아이가 그러고 있는데 사진을 찍을 수는 없는 노릇이었다. 글 쓰고 사진 찍어 다른 이들과 공감의 시간을 갖고 싶었던 나의 몸짓이 사치스러운 일처럼 여겨졌다. 그러면서 나중에 다시 해야겠다고 카메라를 멀찍이 밀어놓기도 했다.

현상된 필름과 인화된 사진, 그리고 카메라가 내 옆에 있다는 것만으로도 행복하다. 필름 카운터가 36이 되어 필름을 거꾸로 감을 때의 소소한 즐거움이 내겐 소중했다. 그리고 주변에 그런 즐거움을 나눌 친구들이 있어 행복하다.

수능시험일에 새벽같이 달려와 나와 채영이를 한 프레임 안에 담아준 이강훈 작가에게 고마운 마음을 전한다. 술잔을 기울이며 "왜 사진을 하는가?"라는 질문을 던졌던 날을 오래 기억할 것 같다. 그리고 암실 작업과 후반 작업을 도와주며 사진에 대한 이해에 한 발 다가서게 도와준 오인덕 작가에게도 고마움을 건넨다. 특별히 한겨레신문사 사진 스튜디오에서 채영이와 소중한 시간을 보낼 수 있게 배려해준 〈씨네21〉 손홍주 선생님에게 감사의 마음을 전한다. 가족을 찍는다는 의미를 다른 시각에서 바라볼 수 있게 해주었고 사진 찍는 행위에 대한 긍정적 의미와 열정을 배울 수 있었다.

다시 한번 임종진 선생님에게 깊은 감사의 마음을 전한다. "채영이와의 1년을 기록하고 싶은데……"라는 작은 바람을 한 권의 책으로 엮을 수 있게 해주었고, 이 책의 기획부터 과정까지 찬찬한 눈길로 지켜봐주었다. 서둘러 움직이기보다는 천천히 느리게, 그러나 깊게 자신과 만나도록 독려해주셨고, 긴 시간일지라도 나의 지루한 이야기를 들어주셨다. 그래서 카메라 뒤에서 밖을 찍었지만 나 자신과 만나는 시간을 마련할 수 있었다. 사진하는 과정이 나를 돌아보는 과정이었고, 스스로에게 힘을 주는 작업이 될 수 있었다.

이제 더 멀리 길을 나서고 싶다. 사진하고 글 쓰는 일은 나를 어디론가 데려가줄 것이다. 아이들은 나와 마주 앉아 있을 때보다 나란히 걷고 있을 때 더 멀리 갈 수 있었다. 이제 내 차례다. 큰딸 채은이는 내 등 뒤에서 나를 가만히 토닥이며 속삭이곤 한다.

저 멀리 훨훨 날아가라고.

응원의 글

사진은 사랑이더군요

동그란 원처럼, 아이는 모난 데 없이 맑았지요. 첫 느낌이 그랬습니다. 젖살이 아직 남아 약간 통통한 얼굴은 어른이 되고픈 소녀의 치기 섞인 수줍음을 그대로 담고 있었습니다. 꽃다발을 들고 엄마의 사진 전시장을 찾아온 그 아이를 처음 만났을 때 자연스럽게 시선이 끌릴 수밖에 없더군요. 이것은 저렇고 저것은 이렇고, 미주알고주알 엄마에게 건네는 얘기들이 들려올 때면 웃음이 절로 나왔습니다. 어찌 보면 수없이 들었을 잔소리를 이 기회에 슬쩍 되갚으려 하는지 아이는 엄마 곁에 매달려 시시콜콜 얘기를 멈추지 않았습니다. 아직 아기 취급하려는 엄마를 들들 볶으며 더 잘할 수는 없었냐고 은근히 타박도 하더군요. 물론 그 타박은 엄마가 마음을 두고 하는 일에 대해 딸만이 할 수 있는 앙증맞은 참견이자 애정 표현인 것임은 두말할 나위가 없겠지요. 모녀지간이라기보다는 나이 구분 없이 속내를 나누는 오랜 친구 사이처럼 보였다고나 할까요. 한 걸음 떨어져 둘 사이를 지켜보면서 덩달아 기분이 상큼 들떴던 기억이 여전히 남아 있습니다.

아이의 이름은 신채영.

나고 자라는 과정을 사랑스레 지켜봐왔던 친조카들과 다름없이 저는 채영이가 참 사랑스럽기 그지없습니다. 자주 '본다'는 것은 정(情)이 가득 쌓이는 것과 별다를 것이 없겠지요. 고등학교 3학년을 앞둔 이태 전에 채영이를 처음 만난 이후, 갓 대학 신입생이 된 지금에 이르기까지 저는 거의 매일같이 이 어여쁜 꼬마 숙녀의 일상을 '지켜보았다'고 말할 수 있습니다. 학교 선배들의 수능시험장을 찾아 힘내라며 격려의 춤을 추던 때, 정작 수험생이 되어 교실과 독서실을 오갈 때, 공부에 지칠 때면 아빠에게 어리광을 부리며 하소연을 하는 때 역시 모두 지켜봤지요. 공부하라는 엄마의 어쩔 수 없는 잔소리에 때론 앙칼지게 대들 때에도, 그러다가 슬며시 내민 엄마의 손을 감싸 쥐던 그 순간도 어김없이 놓치지 않았습니다.
그렇게 고3 수험생 채영이가 대학 입학시험의 무게에 치여 울고 웃던 그 1년의 짧지 않은 시간을 마치 가족의 일부라도 된 것처럼 함께했던 순간들이 제게 있었습니다. 그러니 그만큼 정이 쌓인 것은 당연하겠지요.

이 글을 읽는 독자들은 약간 궁금할 수도 있겠습니다. 한 가족은 아닌 듯한데 어떻게 저렇게 많은 순간들을 함께할 수 있었을까 의아해할 수도 있으니까요. 사실 저는 고3 수험생 채영이의 실재를 모두 담은 한 해 여정을 '사진'으로 본 것뿐이고, 그 사진을 찍고 보여준 사람은 채영이의 옆에 앉아 숨을 함께 나눈 엄마, 소광숙 씨입니다. 자식을 둔 어머니라면 대부분 겪기 마련인 입시생의 고단한 하루들을 소광숙 씨는 둘째 딸인 채영이를 통해 사진 일기처럼 기록해왔습니다. 당사자인 입시생이나 부모 모두 몸과 마음이 지치기 마련인 시간들이겠지요. 원하는 대학에 들어가고 싶은 고3 딸의 애절한 노력과, 맘 같아서는 대신해주고 싶지만 어찌할 도리 없이 바라보기만 해야 하는 고3 딸의 어미라는 자리……. 두 사람이 나눈 그 치열한 시간들을 그렇게 옆에서 지켜볼 수 있었습니다.

채영이의 엄마이자 이 책의 저자인 소광숙 씨.
저는 평소 그녀를 '광숙 누이'라고 부릅니다. 누이는 제가 다소 긴 호흡으로 머물던 캄보디아에서 돌아와 홍대 앞 KT&G 상상마당에서 처음 진행했던 사진수업 '달팽이사진관' 1기 수강생이었지요. 일종의 문화센터에서 진행하는 3개월짜리 강의였기에 과정이 끝나면 짧은 관계로 그대로 멈출 수 있었을 테지만, 만난 지 3년이 다 된 지금에 이르러서 누이와 나는 꽤나 돈독한 사이가 되어 있습니다. 세 살 손위지만 어찌 보면 친구이자 비슷한 생각을 품은 동지로서 우린 사진을 관계의 중심에 두고 있지요. 사진이 자신을 찾아가는 하나의 의미 있는 도구로 쓰이길 권하는 저와, 마찬가지로 사진을 자신의 표현 언어로서 받아들인 광숙 누이는 강사와 누구누구 '씨'라는 관계에서 어느새 '오누이'처럼 신뢰와 이해를 나누는 사이가 된 것입니다.
처음부터 누이는 새로이 접하게 된 사진 행위 자체에 크게 매료되었던 기억이 납니다. 처음 사진을 시작하는 사람들 대부분이 적정노출이나 좋은 구도 등에 지나치게 매달리기 마련이거든요. 하지만 누이는 많이 달랐습니다. 그보다는 자신이 무엇에 감정적 몰입을 느끼고 시선을 두는지 궁금해했고 그것들을 꺼내어 실체를 확인하고 싶어 했습니다. 그러고는 하나의 주제의식을 정해 깊이 몰입하는 시간들을 스스로 갖더군요. 그 확인과 몰입의 도구가 바로 사진이었습니다. 누이는 남들의 시선을 의식하지 않고 사진을 통해 한층 더 자신의 내면에 몰입하는 모습을 보여주었지요.

실제 사진을 한다는 행위는 자신을 투영시키는 창과도 같습니다. 사진이 바깥을 향하는 시선 같지만 결국 자신을 향하는 시선이라고 할 수 있거든요. 그런 이유에서였을까요. 누이는 사진 작업을 하면서 종종 눈물을 보일 때도 있었습니다. 어느 면에서 보면 평소 당당하고 활기찬 일상의 모습과는 달리 누이는 '관계의 불완전성'에 대한 내적 고민들을 종종 토로하기도 했거든요. 그러면서도 누이는 그런 내적 상처들과 맞대면을 하면서 하나씩 문제를 풀어나갔습니다. 그 풀이의 도구 역시 사진이었지요.

둘째 딸 채영이의 고3 수험생 시기를 담담하게 풀어낸 이 책은 자녀를 둔 어미의 자리뿐만 아니라 어른의 세계에 들어서는 딸에 대한 신뢰와 기대도 아울러 포함하고 있습니다. 부모-자식이라는 수직적 관계의

틀을 넘어 같은 여성으로서의 수평적인 시선과 교감 같은 것이랄까요. 사진과 글을 차분히 읽어가다 보면 그 안에서 애틋하면서도 섬세하게 오가는 감정의 결들이 느껴지기도 합니다.
비슷한 연배의 여성이거나 자녀를 둔 독자라면 공감할 만한 여지들이 더 많을 텐데요. 이 책에 나오는 저자의 친정어머니 사진('할머니의 초콜릿')을 조금 더 살펴보기를 권해봅니다. 실제로 채영이에 대한 사진 작업 이전에 어머니에 대한 솔직한 생각들을 담아낸 시간들이 먼저 있었거든요. 스스로도 나이가 듦에 따라 생겨난 생경한 감정들을 기반으로 했지만 같은 '여성'으로서, 자신의 삶보다는 누이를 비롯한 가족들에 대한 희생의 시간들로 점철된 어머니의 인생을 다소 격정적으로 돌아보는 작업이었답니다.
이 책은 바로 딸자식과 어머니 사이에 서 있는 누이 자신의 '자리'를 깊이 살피는 걸음이었는지도 모르겠습니다. 주체적인 한 삶으로서 자신에 대한 연민과 애정, 혹은 후회와 소망 같은 복잡한 감정들이 고루 얽혀 있는 것이지요.

1년이 넘는 시간 동안 채영이에 대한 사진 작업들을 지켜보면서 새삼 광숙 누이와 나눈 많은 얘기들이 떠오릅니다. 아울러 사진을 통해 또 하나의 '자기 언어'를 찾아가는 누이의 걸음에 대한 기대도 한껏 품어봅니다. 누이의 이 긴 호흡의 사진들을 보면서 '사진은 곧 사랑'이라는 확신을 갖게 되었습니다. 몸과 더불어 마음이 가야 사진은 완성의 형

태를 갖게 된다고 생각합니다. 지나치게 외양만 치중하여 이미지만 넘쳐나는 지금의 추세와는 전혀 달리, 사진이 자신을 찾아가는 충분한 역할자의 기능이 있다는 것을 저는 이 책을 통해 다시 확인합니다. 그래서 광숙 누이에게 참 고맙다는 말을 남기고 싶습니다.

이 책을 읽고 보게 될 많은 독자분들에게 되풀이하여 전합니다.
"사진은 사랑이더군요."

달팽이사진골방 골방지기

임종진

힘내라는 말은 흔하니까

고3 딸을 응원하는 엄마의 사진 일기

1판 1쇄 펴낸날 | 2012년 9월 7일
1판 2쇄 펴낸날 | 2013년 1월 7일

지은이 | 소광숙
펴낸이 | 오연호
편집주간 | 이한기
기획편집 | 서정은
책임편집 | 차경희
마케팅 | 정현민
교정 | 김인숙 · 김성천
디자인 | 여상우
용지 | 타라유통
인쇄 | 천일문화사

펴낸곳 | 오마이북
등록 | 제313-2010-94호 2010년 3월 29일
주소 | 서울시 마포구 상암동 1605 누리꿈스퀘어 비즈니스타워 18층 (121-270)
전화 | 02-733-5505 팩스 | 02-733-5077
www.ohmynews.com book@ohmynews.com

ISBN 978-89-97780-02-0 03810

이 도서의 국립중앙도서관 출판시도서목록(CIP)은 e-CIP홈페이지(http://www.nl.go.kr/ecip)와
국가자료공동목록시스템(http://www.nl.go.kr/kolisnet)에서 이용하실 수 있습니다.
(CIP제어번호: CIP2012003867)

오마이북은 오마이뉴스에서 만드는 책입니다.